鄙身譚

莫澄

目錄

推薦序

卷一 人間譚

卷二　所以，我們並不孤獨

卷三　安息海

後記

推薦序

寒瘦的雙生謬斯

◎周芬伶

莫澄的手特別瘦，不管手臂或手指都可列入枯骨級，永遠冷冰冰，臉卻肉肉的，蒼白得像女鬼，修長的身材走路很飄，「仙女」、「女巫」是最常聽到的封號；她身高一七〇，還愛穿矮子樂，搭配熱褲，走路維持前傾十五度一副隨時要跌倒的樣子；有一陣子染綠髮，走了妖異偏鋒，內心的叛逆全使出來，竟因此被家人斷糧；我最喜歡她穿運動短褲，平底白球鞋，像是無性別的狡童，文青與知青、憤青混搭，總之，她是我學生中歪斜得最有精神，自我省察力最高，心地也是好的，悟性與義氣兼具，寫作時最清明與正常，我肯定她這個面向。

她的內在有時極度混亂，生活常在失序中，如果寫作能逼出她的靈光，讓她更正常，為何不鼓勵呢？人皆非完美，正面負面加總是正的就好，我也是靠寫作維持平衡，不斷改進自己的人哪！

她大一開始寫，至多兩年一篇短文參賽，等到跟我熟時，已近三十歲，寫了十年，稿量不到兩萬，在這點上她與楊莉敏相似，文風有交集，都是極少而真好，一個是郊寒一個是島瘦，當然得過一些大獎，問題是寫得太少，想邀書的出版社並非沒有，而是稿量不足，連我催都沒用，更何況別人。她都三十歲了，一點都不急，卻急死我，如今她要出書了，趕上厭世的時代氣息，這代表著現在青年一部分的精神特質，跟我讀書時青年熱衷的存在主義命題相呼應，說明時代有時會倒轉，當時代給予我們絕望，只有正面相對，這並非消極悲觀，而是淡定承受。

我覺得散文最難的是處理形而上的問題，尤其是虛無與終極的書寫，畢竟它是如此充滿人間煙火的文類，莉敏與莫澄都是很早就直面死亡，是像毛姆所說「在另一個地方觀看著自己在一座海市蜃樓演出」的人，她們的厭世情結在書寫上走向兩極，莫澄常化為瑣碎的日常書寫，常在一大堆碎唸後，猛力一推，一棒打死虛無與死亡；莉敏則常在詩與小說中遊走，自我也常分裂為孩童／成人，純真／邪惡，厭世／苟活，叛逆／順服……在兩極間飄移，可貴的是如此沉重的議題，她們寫得不枯燥，有時還相當鮮活。如莫澄寫：

距今前一陣子，我一位十幾年不見的親戚過世了。我在告別式結束後不久來到火化現場，親眼看幾位親人儀式性地為他拾骨：他們用一雙長得出奇的筷子，夾住不鏽鋼盤上焚燒完畢的骨塊，再放入一個水綠色的大罈中；我臨時退縮不敢撿，便站在一旁遠遠凝視著這些，但除了一些看不清楚、疑似黑白夾雜的灰燼之外，什麼也沒看到。我稍後仔細看清並感到訝異的是，火葬場裡負責將骨灰裝甕的的工作人員，把骨灰一股腦地倒進水綠色罈子後，就將一個形狀類似鐵勺的東西伸入罈中猛搗。母親這時問旁邊的表哥：

「全部放進去嗎？」

「對。」

「裝得完嗎？」

「一定會太多，所以身體先放好，然後壓平，頭蓋骨那幾片就完整保留下來，最後才放上頂部。」表哥回答。

「那如果連頭蓋骨也太多呢？」

「那就只好一起壓碎了。」

我聽見鐵勺攪拌、擠碎骨灰的罈中迴響，是酥鬆剝裂的聲線，彷彿燕麥餅乾或小時候烤肉活動結束免不了要清理的、耗盡一切的衰弱白炭。

在一篇討論青春、死亡與叛逆的文章中，她能從中跳脫，視生命為「回歸」，並非完全虛無，而所有的未竟將會折射在此生中，年紀輕輕的少女會有這樣的思考，那需要多大的靈思與才氣：

有一件事，我到現在都懷有無可言說的深信：如果人一生有終歸的道程，則那裡的一切，都將在應然的時分閃現在生活的剪影中，使我們長年牽掛，並為其感激落淚。

莫澄的青春期是在暴烈、厭世、諮商、吃藥中度過的，如今的她則是很懂情趣的「仙姑」，她每隔一段時間就會約我去吃「鼎泰豐」或「皮耶小館」，順便幫我占卜或抽女神卡，從師生一下跳過文友而變吃友、道友，她話多到不知節制，是可以聊一天一夜也不累的人，生命韌性有時超乎想像，絕非一般的蒼白少女，而是靈氣充盈的創作者。令我想到佩索亞的《惶然錄》，她把絕對的孤獨化為生命的愛意，而常淚滿胸襟。

最近的三譚，算是有了轉折，〈獸身譚〉寫人身與獸身的辯證，〈浮花譚〉寫朋友的感情與心靈追尋；〈人間譚〉寫扭曲的情色關係，在這些敘事線較明顯的長文，都越界到小說了，可說是超展開，然她的勇於自我挖掘與表白，人情與性別認知，往往突破中文女子保守的尺度，在這些不堪的畫面與處境中，她總能輕靈跳開，肉身與情慾成為一種修煉場，而能帶我們超昇。當在遭到情愛不堪時，她成為獸，人如在地獄中，已是非人的狀態，怨憎讓人異化為獸，要直面這樣的自己需要勇氣：

「妳的愛是垃圾。」

一瞬間，鏡中的我齒牙暴生，指爪浮突而起，彎成骨質一般的長爪甲，渾身長滿如鋼的刺絨。理智上知道不應且無須如此，不值得為了這樣一個人走到如此地步，但我內在已與地獄相連通，竄出難以擋禦的熊熊業火：恨意竄生且無法抑制，而人在暴怒與憎恨之前、連自己都害怕自己的當下，已然無法感覺自己仍然是人類；我脫離了身而為人的領域，發覺自己從此成為一頭獸。

我欲啖其骨髓、吮其血肉，若一念可成真，願其終生傷殘。

好凶殘也好真實，然經歷過長久的自省與禪修後，她找回真正的自己，把自己從地獄中拉出來，又回復人身：

度過如此遙遠的時光，翻越屬於自己的山嶺，再次回到平地的住家，我終於睡了一場自然的好覺；側躺在床上，我翻了個身，就在那一瞬間毛髮爪牙脫卸淨盡，原有的容貌輪廓再度浮現，我，又變回了一名人類。

「三」譚很能代表莫澄接近輕熟女的心理狀態，從少女的蒼白虛無，而增添許多人間煙火與情慾色彩，彷彿是微型的《天方夜譚》，莎拉訴說他人與自己的故事，以故事救人也救自己。其中我最喜歡〈獸身譚〉，更貼近自己。

她的文章越寫越長，〈安息海〉的企圖心很大，長達一萬五，長文不好寫，她藉八八風災與小林滅村，談創傷與倖存者，兼及自己的感情創傷，如文章所言：「人最害怕的，大概是努力在受傷害後仍撐住自己，但卻在很久以後，才發現所有對生活的期待與忍受都是多餘的。」本來以為撐著就會得到幸福，結果到最後才知道是餘生，這會讓所有的樂觀與悲觀、勇敢和懦弱，全部都消解掉，變成「沒有意義」。

那說不出的傷害最痛也最深遠，然當一切痛苦過去，剩下的將只是最初的發動，那鮮明的愛意，令一切創傷為之消解，因此安息也有安魂的意義：

世界上只有水可以融化、承乘載一切，且永遠不消失；每一滴水都帶著億萬年分的回憶。每一個曾經誕生的生命，關於他們的傷痛與痊癒、記得與遺忘、災難與幸福、憎愛與釋懷，都平等地存於這其中。雨水也是。每一滴雨裡，都有過去、現在，還有未來；雨消解所有的個體、地理與時空，穿越、滲透每個人最深最底的存在。

雨一直下，可以預見地，將會永遠持續下去。

我祝福你和你的家人平安幸福，直到時間的盡頭。

我馬上就要站上當初遇見你時你所在的位置，擁有與你相同的頭銜。

我已經和初次遇見的你同年了。

我曾經如此愛你，我不曾忘記。

關於創傷，被訴說的太多。〈安息海〉的寫作時間超過一年，為了寫小林村她做了許多田野，兩線交織中，她揭開自己十年前的初戀，曾經埋得那麼深，她常寫到一半向我求救說：「淚流不止！」我終於了解她寫文章為何這麼慢了，彷彿心魂回歸，一再重返，現時的我同時體會渾然不覺的昔日的我，不斷回返現場拼湊細節，因而時有憬悟，並像偵探推理般撥開迷霧，而驚駭自己的痴情與事理的本然，十年如一日，這種看清是解放，可也是發現，一切「揭露」都有真義在其中。

〈安息海〉因此有紀念碑的意義，一切在此終結，可以當作青春與災難的總結，或者說青春等於災難的依歸。

寫完此書，她說：「我覺得我會越活越好，越老越有助人的餘裕。」莫澄的寫作史對歪斜之人是有些正面與向上的意義。

誰無慘淡的年少或厭世的青春，它的可貴在彰顯孩童與成人的衝突與轉折，如果誓不兩立唯有一死，如果安全度過也是遍體鱗傷，是誰在過度美化青春年少？唯有真實面對才是真正的文學。青春是殘酷的，如同一種缺陷或殘障，然而它又是如此短暫，短暫到難以捕捉，因為很快的，我們就老了。

這裡記錄的與其說是殘酷，不如說是青春。

編按：周芬伶，作家，現任教於東海大學中文系。著有散文集《蘭花辭》、《北印度書簡》、《絕美》、《熱夜》、《戀物人語》、《雜種》、《汝色》等；小說集有《濕地》、《紅咖哩黃咖哩》、《妹妹向左轉》、《世界是薔薇的》、《影子情人》、《粉紅樓窗》等以及《散文課》、《創作課》、《美學課》等。曾獲中山文藝獎、臺灣文學獎散文金典獎。

推薦序

收攏毛孔中回音般的疼痛

◎李欣倫

初遇莫澄，是在前幾年東海文學獎散文組評審會上，會議開始前，一位知性的長髮女孩（第一印象）前來談話：欣倫老師妳好，我很喜歡妳的作品。雖然過去曾有極少數的讀者在不同場合主動找我談話，但多半害羞遠目。她卻不同，專注的直視著我，話語堅定，因此我就記住她和她美麗的名字：莫澄。

初讀莫澄的文字是在周芬伶老師發起的讀書會，主要參與成員包含東海和靜宜的教師，以及東海的研究生。兩個月一次的讀書會由一位老師和學生分享近日寫作，令我印象深刻的是芬伶老師的學生都愛寫敢寫也能寫，讀這些後起之秀的作品，深感自己老了，又覺得重新活過一次盛茂的青春。最後無論師生，皆會對發表者提問或給予建議，對這群極能寫的寫作者——說「寫作者」而不說「學生」，是因在閱讀的過程中，我常驚嘆於他們的早慧與才華，於我來說確然是深刻學習，再無法以「老師」自居，我只是早於他們幾年開始寫——表面上我給了些技巧啦、修辭啦、布局啦叭啦叭啦的建議，實際上我折服於他們的文采、無畏和真誠，從他們筆直反向凝視（或該說是殘忍的逼視）自我的目光中，在「專心致志地與自己的內分泌搏鬥」（〈回歸〉）的青春中，依稀看到過去那個勇敢的自己，當然，我心底明瞭當時的我無法勝出。

當時在讀書會上初讀莫澄的作品是〈海市〉，從東海別墅到校園的一條祕徑寫起，談及她服藥和蝸居的日常種種，當時驚訝於她將火山岩漿高溫般的痛楚和厭世寫得如此淡，幾乎是冷淡冷血的地步了吧，但又未必，藉由細寫從天花板落下的可疑紅色水珠，先安置了隱喻可棲之所在，後又淡筆勾勒出超商微電影，似有若無的情感醞釀，正當你期待接下來展開的超商小確幸或可能的情愛時，文章急速進入尾聲，詭祕定格於作者從高樓俯瞰城市的空景：「在其側邊的高速公路，光點串連成束束熔金色的流礫，循著同樣方向不斷來往淌動，彷如這都市頸項上的動靜脈，而在我微渺如蜉蝣的存在之前，它看來永遠不會屏息，並開散出無數微血管般的細小纖光，那是眾多較不起眼的小路，通往世上每一個人的去處。」俯視，將自身與他人放在更寬廣的格局下思考，接近神的視角，由此更能看見自己也深陷其中的虛妄海市，對照於仰望天花板低落的紅色水滴，讓逼仄的生命困境一下子有了飛升的出口，然而那不是一種全然舒泰的解脫或平板的正向結尾——我私下以為突然明亮起來的結局彷佛寫作者過度樂觀的強迫症——而留下更多思考的可能：最後看到一家四口進入嶄新超商而無可遏止的大笑，讓文章有了更多的留白。

這次閱讀書稿的過程中，邊讀邊寫下幾個關鍵字，像是禪修、塔羅牌卡、愛、夢境、心理諮商、失眠、母親等等，雖然試圖列出關鍵詞幫助我快速抓到閱讀重點（我們不是都這樣被教育然後教育別人的麼），然而讀完卻又感覺這些關鍵字無法完整定義莫澄及其作品。書中有對（多重且繁複？）愛的陳述與思考，有對生命存在困境的析理，有對母親和家族的爬梳和細寫，有輕快和幽默，甚至有小小的靈異（不少篇章中的夢境令人背脊發涼），這當然是一個□□女的（請自行填入對應辭彙）生命審思，即便如此，作為敘說生命的敘事者，點到即止且慷慨留白的書寫美德，對生死的冥思、生命中的諸種愛與痛之邊境的探索，仍有諸多可觀之處。

我喜歡看莫澄將幾個事件並列，不過度詮釋，然事件間具若有似無的有機連結，雖然段落小卻不顯斷裂，而是藉此製造出更多充裕的思索空間，讓我可以反覆的遊走於她試圖指向、築構的世界：已說的和未說的。透過言說，我們築起自我的世界，也讓讀者了解作者的情感續流和具體觀點，然而適度的拿捏「說」與「未說」就是一門學問，過度詮釋或詮釋過多，常常毀了原本面目清新或稜角分明的好文章，莫澄算能掌握得宜，她引導讀者投入敘事，提供足夠線索帶領讀者趨近敘事核心，此時又友善讓渡詮釋權，是以有足夠空間讓讀者推敲及演繹。我以為，快樂的閱讀經驗不過如此：行走在作者擘畫的敘事之途，好像快接近作者又不確然，好像看到了自身又須反覆核對。

本書書名取自於〈獸身譚〉。〈獸身譚〉、〈人間譚〉和〈浮花譚〉可說是同系列的文章，莫澄想藉此建構出從他者審度自身的三部曲。先說〈獸身譚〉和〈人間譚〉，一是為愛所困的敘事者至中寮深山禪修，一是朋友紫和豢養的虎斑母貓、以及多重關係的情人的故事。前者描述道場中的攝心、箴言或能有效「收攏全身毛孔裡回音般的疼痛感」，將俗世的自身摺疊再摺疊；要說冷也不確然，幾則頗有寓意的道場見聞值得再三低迴，對讀莫澄的靜觀和自曝的修煉拙態，冷中仍有對世情的寬慰和無奈，因此不至冷到寒荒絕境。〈人間譚〉則是眾人角力的奇情愛慾，但在莫澄筆下，即使幾場一男兩女或女女歡愛的多人進行式也寫不出熱，「開血肉同樂會」的結果反而讓人感受到如冰錐般的頑強寂寞。兩相對照，不難發現〈獸身譚〉試圖追索人努力以禪修對治直覺感性、由獸身進化至理性和靈性的人之歷程，〈人間譚〉反是從人因愛慾退／蛻入獸的倒溯，題目和內文形成有趣的辯證，最終人中有獸，獸中有人，人面獸身（人面獸心？）古老又新型的混種，禪修超脫與愛慾墮落的兩股業力互競（神魔鬥法？），我一讀就擱不下來，頻頻產生冷熱交攻的身體感，神魄大刺激。

相較於讀來動魄的〈獸身譚〉和〈人間譚〉，〈浮花譚〉顯得清新寂然，雖也是起伏強烈的人生，然筆觸淡了，如文章中那抹蓮花的甜香；且相較於前兩篇小段落間的呼應，此篇的整體性較強，因此更為流暢，此篇主要描述雨久的情感及精神地貌，面對無常和繼之而來的親人病故，信仰和信念如何支撐著她，當人生艱困題組紛紛迎面撞擊，該如何繼續？我喜歡最末雨久突破猶疑的奔入浪濤碎浪間，彷彿認真的捧起每個流過眼前當下，透明而淨白的時刻，就是答案，這既是文章的留白，也是生命暫止的空景。

有時留白，有時毫不留情往生死核心進攻，如〈安息海〉寫面臨生死交關、人瞬間碎為屍塊的災難、自我的恐懼與怯弱，因莫澄費了許多實地考察和研讀理論的工夫，方能知感交融的帶領讀者一步步趨近黝暗的內心。〈所以，我們並不孤獨〉和一位自殺的老師相關，由此反思生命中對環境的陌生疏離、對他者死亡的冷漠，以及過去種種自我傷害的經驗，將青春體內的躁與鬱用形象化的方式描述出來：「我錯覺自己是一排用於展示共振原理的線吊鋼球，夾在憂悶和狂亂兩端之間動彈不得，束手無策地感覺那名稱不同卻一樣惡劣的兩樣情緒輪流上揚、下墜，敲擊著我的頭腳，在體內發出陣陣關於痛的迴響。」抽象的情緒躁動具體的烙印在身上，成為「痛的迴響」，當我在讀這段時，往昔百種蓄積於體內的無可名狀，也悄悄震顫，和莫澄的文字和生命，共鳴，交響。

除此之外，最具張力的母女關係恐怕也是眾女子心中的疼痛。莫澄的〈巢居〉寫房間的主權和與母親的對峙，令我頻頻發笑的文字背後最是見血蝕骨；〈睡眠迴路之鬼〉寫開關燈的母女戰爭，以及欲掙脫母親期待而變改自「身」的〈綠髮與藍血〉，有時掩卷不免想及非常喜愛的小說家Alice Munro和Antonya Nelson，後者在《女人麻煩》一開始遂引述王爾德的話：「每個女人都是反抗者，且通常是猛烈地反抗她自己。」女作家的話語是既沉靜又搖滾的喧囂，彼此回音，於我的耳蝸深處迴旋，震盪。

原來，不僅眼觀鼻鼻觀心的修行最終能達致「收攏全身毛孔裡回音般的疼痛感」，莫澄也用文字敘說來收攏——不說療癒，那顯得太扁平太廉價，在根深枝纏葉茂的創痛前，只能暫時匯聚——疼痛，而這永不衰竭的疼痛感真如回音，只要這些人那些事仍在；只要眼耳鼻舌身意猶存；只要憤怒、憂傷、疏離、愛慾仍如火山岩漿璀璨湧沸，我們，只能以文字繼續共振，彼此回音，但至少至少仍保有靜心收攏、安然凝視的可能。

編按：李欣倫，作家。現任靜宜大學台灣文學系副教授。寫作及關懷主題多以藥、醫病、女性身體和受苦肉身為主，出版散文集《藥罐子》、《有病》、《重來》與《此身》。

卷一　人間譚

獸身譚

我曾告訴男人，我作了這樣一個夢：像是颱風將至的酒黃天色裡，我到了一個充滿黑鐵雕花欄杆、恐怕歐洲才可能有的火車站，預備向我的好友送別，而四處都是被鐵柵切割過的光線，彷彿一地的硫磺色破片，顏色一如我送給他的黃水晶，而攤平於地的邊角則氣化一般，失去了最後成全其形狀的線條；那時候車室的掛鐘，顯示時間為下午四點，他陪著我過來，就在那鐘下等我，但一直反覆地催促「我要走了」、「我真的要走了」，而臨別的朋友話多了些，拉著我不放，我從月台趕回候車室時，他早已一聲不響地離開，此時，我感覺到一股憂傷黯然，整個候車室裡的燈便像有人將其旋熄一樣，漸進但快速地黯淡下來，直到光線在這斗室之中完全泯滅。

男人聽了，用饒富興味的表情不斷追問：「為什麼我要走呢？因為之前已經跟別人約好要去別的地方了嗎？」我只能搖搖頭說：我不知道，夢裡的對話沒有直接透露。當天，男人反覆追問同樣的問題兩三次，我告訴他：「我真的不知道。」他才作罷。

後來，我終於知道他為什麼對這個夢如此有興趣了，在他於短短的時間內態度丕變，一轉而成近於失聯的狀態，遭逢事務而不得不見我的面時，表情像嗅見一簍難以處置並自我菌解中的大型垃圾的那一刻，我就明白了一切。後來知曉的、與夢境巧合的種種真相，我再無意外。

在浴室裡，想起男人臉上那我始終讀不懂的輕快笑意，再看看鏡子裡的自己：數天未曾真正入睡，兩眼都是血絲，唇色紫白，印堂發黑。我內心浮出自語喃喃：「妳喜歡什麼樣的稱呼？」過了半晌，復自問自答：「過渡期？泡麵？還是免洗筷？」我顫抖著，臉孔的輪廓在鏡子裡逐漸變形、擴張。我咬緊了下唇。

「妳的愛是垃圾。」

一瞬間，鏡中的我齒牙暴生，指爪浮突而起，彎成骨質一般的長爪甲，渾身長滿如鋼的刺絨。理智上知道不應且無須如此，不值得為了這樣一個人走到如此地步，但我內在已與地獄相連通，竄出難以擋禦的熊熊業火：恨意竄生且無法抑制，而人在暴怒與憎恨之前、連自己都害怕自己的當下，已然無法感覺自己仍然是人類；我脫離了身而為人的領域，發覺自己從此成為一頭獸。

我欲啖其骨髓、吮其血肉，若一念可成真，願其終生傷殘。

三個月後，我隨學校老師一同上山禪修；我的心靈太不平靜，獸性一天一天吞噬著我內心所剩不多的人性，而我披著此生從未揹負過的、如此沉重且無法駕馭的陌生肉體，雖然看似髮爪粗韌，然而由我的身體根生，也撐開了我皮膚上的每一吋孔隙，既刺痛我自身，也在許多個夜裡汩汩流血、哀鳴。一開始，老師對於我是否可堪在要求靜心、靜默，同時與外界幾乎沒有聯繫管道的山裡待上數天，感到相當存疑，然而我一再請問，終於得到老師的允許與帶領，來到這位於南投中寮的禪寺。

身邊的人盡是年紀大我好幾輪的長輩，在他們整理初落苑地的行李或忙於服藥之時，一身輕裝簡行的我無事可做，於是，信手翻開了置於我落榻的禪床邊桌上，那白底黑字、薄薄的禪修規章與早晚課唸誦的經文，原想找尋《心經》，好暫時收攏全身毛孔裡回音般的疼痛感，然而，在找到預定搜尋的篇章之前，我先撞上了《信心銘》，上頭第一句寫著：「至道無難，唯嫌揀擇。但莫憎愛，洞然明白。」

我內心受到一陣撞擊，拿出行囊裡的紙筆，急匆匆地倚上邊桌謄抄起來。

在中寮深山的生活非常規律，每天早上四點五十分起床，晚上九點半睡覺，對我這種慣於日夜顛倒的人而言，一開始因睡眠時差而感到昏沉且腦殼疼痛，晨鐘暮鼓像是從我腦子裡發出來的；然而，撐過第一天，早早睡覺，隔天感覺就好得多，過完第二天，生理時鐘便與禪修規章中的起居時辰無異了。

第二天晚上，我作了一個夢，夢中的我了有一副在現實生活中未曾擁有的塔羅牌，但是怎麼數都只有七十七張，也就是說，少了一張；我反覆清點分類，終於發現遺落的牌卡是「寶劍三」——一顆鮮紅色的心，上頭穿刺了三把利劍，被置放在傾盆大雨之中，象徵意義是「正面襲來的痛苦與悲傷」。在禪修眾皆深深睡著或淺眠歇息的夜半，我張開眼睛，思考起剛剛夢見的這幕景象：「我是失去了『心』，還是失去了『傷心』？」

到了第三天，維持清淡的飲食，在晨昏鐘鼓中定心，於長連香中練習端坐、無聲疾走，感到前所未有的安心。佛學課堂上，那些艱澀高深的字眼，我一句都聽不懂，從前在學校聽來的佛學講題，此時此刻才發現都是淺薄小技；我努力聆聽著其實八到九成都無法理解的句子，像是眼前的高空密布嚴整的織網，每個繩結扭點之處，都是清正閃亮的寶珠，而我仰望著它們。盥洗時，看了一眼洗浴間的大鏡，覺得自己的視野比起在山下的任何時刻都清明許多，眼白似乎也清澈了些，沒有之前那樣程度的、濃重混濁的紅黃交織。

一個月前的聖誕夜，我特地打扮了自己，從下午一路趕行程，見過一群又一群人，最後在凌晨兩點半，告別了師長家的午夜電影院和零食派對後，跟著一位交情甚篤的異性朋友回家，喝了兩杯啤酒，邊看《美國派》邊大聲笑鬧，最後，在天色將亮的時候，便讓他載我回住處。

我的閨中密友聽我說完這件事，一臉詫異地說：「孤男寡女的，妳都不怕被人家怎麼樣嗎？」

「他不會這樣啦。」

「每個人在出事前都覺得不會那樣。」

「那又怎樣。我不想在這種節慶裡自己一個人窩在家，想像某人在哪張床上幹另外一個女人的樣子。」

密友立即收聲，一直盯著我的臉，不再說得出話來。

行香之時，我一再被師父特地叫出來，糾正我頭手的擺動方式，老師也發現了這個問題，那就是我的上半身完全不會動，其他師父們更叫我要：「放輕鬆，自然擺動，不要和機器人一樣，不然肩頸和手都會受傷。」又，打坐的時候，因為姿勢始終歪斜，好不容易矯正過來便馬上歪回去，師父還因此跟我促膝長談，要我不如把自己當成一個懸絲傀儡，以頭頂和脖脊為中心，延伸出一條絲線和天花板相連，這樣就能坐得挺，散架的骨骼也會歸位，否則姿勢不正確仍要硬坐，有人是曾因此吐血的。

「不要把身體繃得那麼緊，不然還不如別管它，讓肌肉自然放鬆，一切都會好起來。」

在道場一同參禪的同修之中，有一位六十幾歲的退休女老師，她在禪悟心得分享時間裡，應邀說起了自己的故事。

她和丈夫都是教師，他們同年屆齡退休，彼時她想：他們一輩子沒做什麼惡事，育有一兒一女，現在也都有正當職業，品行亦良好，至此，可以說無愧於人生了吧。辛苦了半輩子，終於，也應該讓他們彼此依靠，一起遊山玩水，攜手走過餘生。

她的丈夫卻在此時決定出家。而且，一切都像是設計好的一樁預謀，一個精美的逃離計畫。她丈夫先是一點一點地把藏書和個人物品捐獻給佛學社及友人，之後，獨自到高雄阿蓮的佛寺進行齋戒，直到她知道此去閉關修行的真相時，已是丈夫向親友宣布棄絕塵緣、即將剃度的時刻。

「為什麼？」這是她接獲訊息後的第一個想法。

這是她首次了解到，即使一起生活了三十年，她依然不完全懂得他；她更困惑於這個問題：「可以說拋棄就拋棄，那麼，我是你的什麼人？這三十年算什麼？我又算什麼！」

她並未從丈夫的口中聽見過答案，她的丈夫自閉關齋戒起，完全不願意見她，就連剃度儀式當天，邀請所有親人與道友觀禮之時，都還叮囑子女必須阻止他們的母親：「不要讓媽媽來，她會受不了。」然而，她是個性格倔強的女人，愈是攔著她便愈是要去，即使全世界都阻擋，她當天還是準時到了場，看著這名曾經熟悉然亦將不再的男子，在儀禮中漸漸脫盡俗世之物，直至現身莊嚴出家相，在此後的生命裡道俗兩分；她用力睜大雙眼，深怕有所遺漏，從最初的儀式觀看到最後一刻，間中無淚。

三十年的夫妻之情，到頭來全是鏡花水月。夢幻空華，何勞把捉。

還記得與男人相約出遊，讓他來我住處樓下接我時，我奔赴樓下但沒見著人，便撥了他的號碼，此時，他的手機鈴聲自我身後不遠處響起：他人在我住處旁的小店裡，頭上還戴著安全帽，不知道在躲避什麼而顯得有點慌張。男人告訴我，他的大學同學一家子剛好經過，覺得打照面有點麻煩就進來了；他把我那頂安全帽遞給我，對我說：「他們似乎又繞回來了，可能有想挖我八卦的心態吧。妳先帶著它，到附近的天橋下等我，我隨後就來。」並加上一句：「我想低調點。」

我內心有些隱隱的不樂，然而，我說服自己這沒什麼，這是應然。

過了不久，我和男人夜間散步時，路過一家餐廳，透過大片玻璃落地窗，我看見了與我相熟親善，然而許久未見的一位教授；我告訴男人這件事，他便大力催促我親自去向教授打聲招呼。沒想到話匣子一開，就聊了十分鐘，師母又在此時推門進來，於是話題和招呼愈延愈長……我想起男人還在外面等我，急忙結束話題，奔赴屋外尋他。可是，卻不見人影。

是我把時間拖延得太久嗎？撥出手機號碼，這一次，他又從我身後不遠處現身，自餐廳旁的小暗巷走出來，手還微微遮著臉：「同事的太太剛剛經過，不想被看到。」

其實，我早該知道的。

其實，我早就知道了。

大師父座下的大弟子，是個從商的壯年人，在另外一場禪悟分享時間中，他聊起和女兒近年來的相處，以及最近才發生的一串事件。

他的女兒正逢讀高中的年紀，天性也比別的孩子叛逆些，最近幾個月，更是混在朋友住所，或者凌晨到家，或者徹夜不歸；他們對女兒說教或斥罵都無效，往往最後吵成一團，不了了之，過了幾天，又發生同樣的事情。

某天早上，他腦子突然冒出「不如把門鎖換掉吧」的念頭，於是看了看妻子，尚未開口之時，妻子也突然瞪大眼睛看著他：「你在和我想一樣的事情嗎？」於是沒多說什麼就馬上請來鎖匠，裝上全新的大門門鎖；自然，女兒是沒有鑰匙的。

當天午夜時分，女兒回家時，發現自己被鎖在門外，她才開始慌了；他們夫婦隔著通話器告訴她：今晚去找自己的朋友想辦法過夜，明天開始，他們會為她安排住在他們的朋友、一位獨居的女教授家中，一切都已聯絡好，並從門縫遞出紙條，告訴她新住所的地址、電話與聯絡人姓名。自此之後，她再也無法晚歸，因為她沒有那裡的鎖匙，一切全靠家中主人為她開門，若是深夜到家，主人早自顧自去睡了，不會理睬她的叫門。

過了一個多月，她便收斂很多。後來，又發生了另一個事件：一位和女教授在同個慈善機構當義工的女士，扛著一個重度智障的年輕女孩到這家來緊急處置——她生理期突然來了，整條褲子鮮血淋漓，偏偏又生得人高馬大，最後是女教授和義工一人一邊扛著她肩膀，拖到浴室去脫衣換洗，路經之處一概像是命案現場。女兒嚇壞了，她成長十幾年從來沒看過這樣的事情；之後，她可說是變得頗乖巧了，甚至，有些過於靜默。

又過一陣子，女兒終於主動表露了她的心思，說：「我想回去。」

他們夫婦聽完女教授轉述這些事件後，開始思考：是不是做得太絕了？大師兄決定開車到山上一趟，請大師父開釋，求問自己該怎麼辦才是對的。大師父沒多說什麼，只簡單說了兩個字：「微調。」

什麼是微調？他帶著這兩個字和一堆疑問下山，回去思考良久，最後，他認為大師父應該是要告訴他：一樣的目的，換個和緩的方式亦能達到，而且不傷人。他又到了學校一趟，找來學校教官，以及平素和女兒較親近的老師，雖然避開了當面對談，但確實也避開正面衝突。最後，女兒搬回原先的家中，並表示真心接受、同意家裡規定的門禁時間。

微調。我聽這故事時，跟著默念了這兩個字。

我想起猩猩和人的基因序列，相差也不過是毫釐般的百分之〈〈．三，然而，卻決定了人獸之間，絕對性的區隔。

其實，在知曉了真相之後，過了三天，我就沒有悲傷的感覺了，取而代之的是無盡的憤怒。

與愛已然無關，那是自尊之傷。

我早就感覺到男人有問題了，可是，為什麼那時還是覺得自己是喜愛他的呢？

內心猛然驚呼，我當初認識男人時，本是下意識遠著他的，因為他和我十幾歲時，曾經深深傷害過我內心與自尊的另一人，非常、非常相像：面容、慣用語、身形，迴避話題時使用的語言技巧……，他讓我感覺幸福、快樂的時分，都是他們兩人最相仿的那些角度與片刻。

都快要記不起來的那年，與另一人之間發生了什麼事情呢？看看今天，也就完全憶起、知悉了。

男人說過：「我總歸來說，是個比較愛自己的人。」我也是透過男人，攫取了些什麼，並試圖挽回、治癒那個第一次知道確實有人可以遊戲人間、無負疚感時，躺在床上瞪大雙眼，看了天花板將近一個月的自己。

一切都想起來、串起來了。

這次我真的懂了。

禪修即將結束的時刻，我抓緊機會，找到丈夫出家了的那位女老師；我問她：「您還恨您的先生嗎？」她對我露出溫和、有點無奈，混合了一些自我調侃的表情說：「其實我從來沒有恨過他，就算有，也是曾經了。現在，難免還有一些怨，但是他早就有出家的意願，只是我之前從來沒有注意到而已，我自己呢，也小看了他求道求開悟的決心，而這幾年來，我也漸漸懂得想修行的心情是什麼了，只是，我該早一點去了解他的。妳現在問我，我會說，我不恨他。」

一旁的師父聽了，點頭並連聲稱許，接續下去說：悟與未悟，就是此岸和彼岸的差距；身在其中時，什麼都看不清，然而只要放下，送自己渡河，很多愛別離、怨憎會，都會成為彼岸之後的遙遠回望、重新組合的風景，而且總歸是課題，是善意。

《心經》的末句，「揭諦揭諦，波羅揭諦，波羅僧揭諦，菩提薩婆訶」，老師從前在學校裡的佛學課說過，它大致上的意思是：「走吧，走吧，一起到解脫的彼岸去吧。」那兩人也許在生命的河流中之於我的位置，是像接力一樣，一前一後地推了我的逆行之船，但也因此，我總算見到了某個彼岸。

度過如此遙遠的時光，翻越屬於自己的山嶺，再次回到平地的住家，我終於睡了一場自然的好覺；側躺在床上，我翻了個身，就在那一瞬間毛髮爪牙脫卸淨盡，原有的容貌輪廓再度浮現，我，又變回了一名人類。

人間譚

「請不要遺失弄壞我，不要輕易弄壞遺失我們的愛，不要離棄你自己。」

●

反覆翻讀著陳雪《附魔者》中，喜歡的句子所在的那些段落。躺在紫的床上，我用攤開的書覆蓋住整張臉，配上紅色書腰和灰白色封面，像搖搖晃晃、積了雪隨時要覆落的瓦當。在單戀有婦之夫，被絕望和厭世感折磨到快斷氣的那陣子，我在書店望見架上這本，看了它的書封文字，感覺一陣眼眶濕濡，立刻就把它買下來，並珍而重之地收藏好，如果對象不是紫，我根本捨不得把這本書外借給別人。

此時，紫正背對我敲打鍵盤，不知道正和誰隔著網路聊天；紫是個相當奇怪的人，有張白皙的鵝蛋臉，非常好聊兼好混熟，常被人說像兔子或綿羊，但她其實有雙豹眼，直勾勾看著一個物件時眼神會漸漸溢出殺氣，不知道怎麼會被誤認成草食動物，但和她認識久了，又覺得她根本集全了犬科動物的習性，一旦馴養了她，此後就跟著你走了。她養的小母虎斑貓，Meme，在一旁晃來晃去，全身散發出百無聊賴的氣息，而且那表情看起來不像本性慵懶而是缺乏娛樂，只好想辦法在窄仄的空間裡給自己找點樂子。她繞著紫和男友的房間隨處亂走，不時站起來用爪子刮刮貓抓板，發出「吱吱呲呲」的鉤撕聲響。

「所以妳現在要怎麼辦？」

「我不分手。」她說。

「就算你們長治久安他也不能一次娶兩個。」

「他是愛我的就好，只是多出來一個人而已，會習慣的。」

「妳真的有理解我在表達什麼嗎？」

「我是大的。」

紫的同居男友劈腿了，對象是他的多年好友，紫也認識她，以前一起唱過好幾次KTV。幾個月前，紫的男友當著她的面把新女友帶回家，要求一起組成三人世界。

紫同意了。現下，這房間屬於三個人，不過因為空間有限，而其他房間裡還有他的家人，那女人基本上還是住在自己原先的居所，要約會時就過來這裡，因此有些原有的套房物品就被堆擠到一邊，好置放她過夜時的必備用物和衣服。

此刻的紫，大概比三個月前瘦了近十公斤吧，減下的體重都變成金屬線圈，從體內深處自她嘴裡不斷伸出抽長，像是一條單向迴路，自口頰至腳踝纏圍著她，像是她反覆自我詰問復自我說服再自我詰問的單調循環，彷彿一邊拿自己的頭撞牆一邊問自己究竟為什麼會困在這裡一樣。這情況持續很久了，我只能保持沉默或淡漠。轉頭往Meme所在的方向看過去，她在暴衝，突然加速飛撲又急煞車大轉彎，繞著室內不停地狂奔，但並沒見到她在追逐任何具體如蟲子之類的物體，如果不是體力過剩就是見鬼了，我想。紫的男友不讓Meme接近床，所以她奔跑的時候總會繞開那靠牆的床位及其周邊，以至於看起來像是用身體重複畫著一個中文字：凹。她繞到紫的身邊，紫伸出手來揉摸她的頭、搔她長了厚厚一層絨毛墊似的的下巴；她享受了一會紫的撫捏，突然，無預警地張大嘴巴、亮出牙齒來咬紫的手，紫把手抽開，她轉了個身，復又撲上來作勢要抓咬紫的手臂，好像那不是飼主而是仇家，或是可供撲殺的活體獵物。紫的表情淡定，一點都不介意。

「妳太寵她了。」

「無所謂，這是我女兒，放縱一點不要緊，我就喜歡看她這樣。」

「我真害怕去想妳以後如果生了孩子會是怎樣的媽媽。」

說時遲那時快，Meme湊近我身邊，露出好奇的表情，先是蹭了我幾下，讓我感覺受寵若驚，心想這凶妮子平常對我毫無興趣，今天竟然這麼親切——不過，我早該想到世上沒這麼便宜的事，她忽然一臉純真地伸出爪子，穿過我運動長褲的纖維，觸到我皮膚而且我知道她馬上就要抓下去——我的腿被當貓抓板了，除此之外沒有別的可能，我開始像空襲警報器一般放聲尖叫——紫飛身撲過來，一把將貓抱走，像用水桶潑水一樣把她倒到別的角落。Meme完美落地一如體操皇后。

●

「我覺得自己好可怕喔，我以前曾經想過，如果他死掉，那我也不要活了，如果可以，要拿我的命去換他的也完全沒問題，可是現在這種情況……我竟然冒出了一個想法：如果他今天是出意外死掉就好了，總好過出軌去愛上別人。」紫這樣告訴我。

紫說，在某一個屬於三人的夜晚，她洗完澡，頂著濕漉漉的頭髮回到房間，發現她男友和新女友已經在床上做了起來，床邊的電腦正播放著助興用的A片，不過現在自然是已經沒在看了。她默默在電腦前坐下來，面前螢幕裡有兩女一男，此刻正好播到兩個女演員一起趴在男演員胯下進行冗長口交的段落：兩女露出刻意的爭先恐後貪婪表情，伸著臉和舌頭，一人一側擺動頭部吸吮男人的陰莖，而半勃起、看來依然頗為疲軟的男人形容愉悅，居高臨下地俯視兩女的頭顱與動作；之後，在男人的指揮下，兩個女人開始接起吻來，並相互舔吻對方的陰部，男人則在一旁不斷發出鼓勵和讚賞的外文短語並自我套弄起來——看來他的興奮是從這裡真正開始的。

當男人和其中那個豐乳肥臀的女人進入主戲，把另一個體型較嬌小的女人晾在一邊時，她忽然抬臉定定看著鏡頭，那是紫她的臉，一瞬間像是瞪視著屏幕外的三人。順著影片方框中女人的視線，她往後看了床上那二人，男人非常專注地盯著身下的女人，女人則閉著眼睛，根本沒在管四周發生什麼事；此刻她想起來，即使是一對一地進入自己身體之時，他的雙眼也都是直視著那個她，而不是她，這是令她最最憂傷的事情。

我單戀的男人的兒子出生了，因此我在大好的炎炎夏日裡，竟然心情低落到憂鬱症快發作，一天一夜不覺得餓所以也沒吃東西。紫看到像幽魂一樣從外地而至的我，先是嘲笑了一番，就把我拖出門去吃精緻的日式小食了，她買單。

「我說，要愛人也找個會跟妳情感互動、可以給妳溫暖擁抱也會滿足妳慾望的人好嗎？妳這樣跟戀屍癖或愛上二次元的宅男有什麼兩樣。」

「妳有什麼資格說我啊？妳只是歪斜到和我相對的另一邊去而已吧？」

「妳太壓抑了，久了對身體不好喔。」

「比妳好一點點啦。妳這樣有比較快樂嗎？我不相信。」

「妳這個子宮長蜘蛛網的女人怎麼會理解我的感受。」

聽到這句話，我像是被電擊一樣地震驚與錯愕，於是我三秒內決定梭哈：「妳這個把子宮當雜燴濃湯碗的女人。」如果她生氣了的話，我們的交情就可以結束了，沒有的話就再說。

此時，紫的頭垂下來，露出沮喪無力的樣子：「其實，如果可以，我也想像妳一樣清清爽爽的，那樣更好吧。」看來她之前是真的不知道自己在說什麼，我拍拍她的背，決定先不計較。

如果我們交情不是這麼長久，加上現在不是吃排餐，我們早就拿牛排刀互捅了，我想。

●

紫到遠地辦事，帶了心情依然很差的我一起去，預計正事結束後我們可以在當地玩一下。才剛在旅館放下行李，外頭便下起傾盆大雨，原本打算吃完晚餐後出外走走的計畫只得取消。紫拿出筆電，坐在書桌前和男友閒聊了起來。「你們之間真是意外地和平。」我丟下這句話，就掏出自己的書坐在床上讀了起來。夜愈深，雨愈大，悲傷隨著夜闇如雨水滲入牆壁裂縫般深深侵蝕進我心中，很快地，我再也讀不下任何一行字；或許是人在外地，頭腦和種種顧慮都鬆開了，我腦子裡冒出且只餘一個想法：只要能不要那麼難受的話，誰都好，誰來幫我都可以，只要暫時的就行了。

「吶。」我說。

「怎麼了？」

「我好寂寞。」
她放下筆電，坐到床沿來：「需要安慰嗎？」
「好。」
她靠了過來。
「我覺得自己突然能了解妳的感受了。」
「沒關係。」她微笑。
她把身上的衣物一件件脫下，直到幾近全裸，只剩一條墨綠色半透明蕾絲內褲，內裡的毛髮隱隱若現。我把外衣除下後便不再繼續脫，留下胸前的小可愛和熱褲，有點緊繃地躺在床上任她擺布。她親吻我的臉頰、頸項和耳朵，因體貼我而避開了嘴唇，手指在我身上輕輕游移，長髮的末梢不時搔過我的體膚，帶來微妙的，癢；我擁抱著她，摩挲她的肩膀和後背，感到頭腦逐漸升空，知覺卻不從屬於快感或舒服等區塊，反而像闖入不見五指的雲層；摟住紫柔軟的、典型的女性特徵，我卻逐漸陷入迷茫和虛無，並且不斷想到一件事：如果這背脊四周並非凹陷的奶與蜜，而是硬質隆起的骨盤叢林，不知該有多好。此時，我一直想起先前想戀而不能的、那男人的臉。
人在異地的午夜旅館裡，與身下的床、懷裡的人以及肉身慾求都無關的感官記憶，源源不絕地從宛如鉛塊般徐徐下沉的身軀深處湧現出來，像是深夜甦醒，夾在眠夢和現實之間驀然感覺和身處的世界隔了一個次元，一切都變得陌生、抽象、難以理解，彷彿這身體不是我的，連所屬性別都變得不是很確定，而此時此刻正趴在我身上的女人看來也與我素不相識。

紫大概看我反應有異，問我：「覺得如何？」我說：「等一下。抱我，保持這樣，然後，等一下。」她靜靜地伏在我身上。過了幾分鐘，我睜開眼，頗為用力地把她推開，一臉死人相地坐上床沿：「我確定我是個異性戀沒錯了。」這時，紫用力拍手並爆出一連串大笑：「我就知道結果會是這樣！」於是連衣服也沒穿，就維持上空的狀態，蹦蹦跳跳地跑回筆電前和男友通訊了。

聊到一半，她突然轉頭對躺回床上看天花板發呆的我，笑嘻嘻地說：「對了，妳有沒有興趣看看我的……」

「沒有。」我用半秒的時間說完這兩個字。

●

紫的差事結束後，並沒有依約和我一起在當地遊覽：她接到男友的電話，告知她

Meme在她出遠門的期間鎮日哭叫，完全不肯乖乖吃飯，也不給他抱，還故意用力打翻飼料盆耍脾氣，灑得一地都是貓食，搞得他也火了，索性就放著不管，冷眼看她；她大半天沒吃東西，肚子太餓，到頭來也只好一顆一顆地把那些小粒子從地毯上舔起來吃，哭到沒力氣，就隨便揀個牆角睡死了。紫一聽到這狀況，直嚷著要馬上回家，無論當地有什麼她都再沒興趣。「就告訴妳不要太寵她，我們再多留半天一天去逛逛，她習慣就好了，妳一直順著她不是個辦法，妳也不可能到她翹掉那天為止都不必出遠門。」「我要回去，現在完全沒心情了，妳要逛自己去逛。以後如果可以的話我也都會盡力避免出太遠的門。」一面對她魂不守舍的神情和那些話語，我在氣悶之餘，立刻也覺得疲倦無趣了起來，乾脆拉倒，直接搭火車回家去補眠。

不過，紫不久之後就打破了她對貓女兒的承諾，起因是她男友要和她分手但不分離，讓新女友當台面上那個「大的」，其他方面一概不變；紫說「這超過我的底線了」，要跟他分手，他便火速跑去買了訂婚戒指，上面有很小、很小的一顆鑽石，並向她下跪求婚，說這只是暫時的，他自己現在兩邊都捨不得，他也很痛苦，但給他一些時間他就會解決問題。

因為「他是愛著她的」。

紫哭著，接受了戒指和他的說法。十小時後，那女的打電話來，要他立刻到她的身邊來；紫緊抓著他，不肯放手：「你不能在這種時候離開我身邊！不能是現在！這點要求都不能答應我嗎？我是不是你的未婚妻？」「我反悔可以吧？」他揚長而去，丟下她孤身一人。此刻，她覺得自己像是個腦漿流光的笨蛋。

●

她上網和認識了幾年的網友們，一男一女，一起約好到他們居住的城市去開房間，再不這麼做，她就只有兩條路走，一是發瘋，二是自殺。那天，紫的女性網友失約了，只剩男網友一人出現；他並不急著進旅館，而是陪她聊天，聽她說話，帶她逛遍大半個城市，當我知道這個男人接續於團體一夜情對象之後還有其他的存在狀態時，他已和紫在一起了。然而，紫當時還沒有和男友完全分乾淨，因此呈現一群人拉拉扯扯的狀態，我說他們是在開血肉同樂會。

紫的男友行為愈來愈趨向自殘和偏鋒，在一次爭執過後，他在紫的面前把自己的手指骨打到脫臼。我告訴紫：再不趕快離開，這次他打斷的是自己的手骨，接下來就會變成她的手骨，再之後就是她的大腿骨。紫找好了房子和新工作，再度提出分手並馬上搬家，而且照著我的建議，先把Meme送過去，免得他想到可以拿貓來要脅她；果不其然地，過沒多久，那個人又來了，他對紫大聲咆哮，要她立刻退掉新房間跟新工作，搬回來跟自己復合，而且還加一句：「我知道妳那個朋友都在挑撥妳跟我分手，我要她來親自跟我鞠躬道歉。」紫最後沒復合也沒搬回去，因為有男網友攔著，我則是害怕那個人會像新聞報導中常出現的社會案件那樣，衝到我學校來捅我幾刀或潑我硫酸，便課也不上地逃回老家去躲了一兩個禮拜。

我半夜傳臉書訊息給她，告訴她：「我已經可以預見你們還會再繼續糾纏下去，妳如果要和他復合就去吧，同時告訴他我們已經絕交，這樣妳可以跟他交代輸誠，我也不必去跟他道歉了，以後只要偶爾讓我知道妳還活著，沒有缺手缺腳就好，平常不要聯絡，也不算朋友。」隔天一大清早，我還在床上熟睡之時，紫打了電話過來，說了一大堆話，但我幾乎都聽不清楚。

她在哭，很慘烈的那種。

「我知道你們說的我都做不到，可是其他人說的，我根本不會聽進去，聽過就算了，可是只有妳，雖然妳說的我做不到，可是我會聽進去，我會聽，只有妳是這樣！不要這樣對我！不要連妳都離開我！」她持續哭號。我躺在床上，半夢半醒但是握著手機流手汗，感覺極為不妙卻又好像在作夢一樣，滿腦子只有：「怎麼辦，我弄哭女孩子了，怎麼辦？」好像我搞大了她的肚子似的。

●

紫的新男友，也就是那男網友的身分和生活方式由紫的口中說出來時，我覺得自己像是動畫人物，臉歪到一邊去，同一邊的眉毛不停在抽抖。

紫說，多人性愛對他而言只是偶一為之，實際上，他比較常做的是開中途之家：給感情受挫，個人情感、肉體空洞和自我認同都亟需復健的女孩子，按照她們的個人需求，盡力給予不同的安慰，但是關係一開始就說清楚，也不束縛住她們，甚至會鼓勵她們多多走出去交新男友、打扮自己，有問題也可以找他當軍師；她們之中有很多人，在遇見他不久後就交了新男友，也有好幾個已經結了婚，彼此不再聯絡，但是聽說日子過得相當平靜美滿，彼此皆大歡喜。至於他自己，則有了交往十年的女友，已經訂婚，兩家人都很熟也很確定了，但是他始終以事業為由，一再拖延完婚日期，因為「其實無法下定決心娶她，但也沒辦法處理這麼複雜的人際網絡，畢竟人情和金錢往來都是大問題」。

我翻了個白眼給她看。

在幾個月間，我陸陸續續從紫的口裡聽到：男人說希望認真交往，他是真的喜歡上了她；他承諾不再開中途之家，也不再參與多人性愛；他需要一些時間，現在還無法跟未婚妻與雙方家人攤牌，如果她覺得感情沒前途要分手也可以，他甚至鼓勵她這樣做。

只要知道「他是愛她的」就好。

「一個男人要是真的非常愛妳，會捨得委屈妳這麼久？真要愛的話，就算是已婚有小孩也會盡快處理完，然後好好跟妳在一起的。他不會分手，而你們就只有這樣了。」「這種事情很麻煩，也不是說斷就能斷。」「妳還在幫他找藉口。」但是，紫和那男人在一起之後，確實變得開心很多，談吐和外貌也漸漸比之前成熟了些，開始會使用體貼圓融的語言和思考模式去行動做事，與和前男友交往的那些年很不一樣，又大概因為常常被男人讚美和雕琢的關係，好像，也更有自信了，工作也順利得多。

這對她而言到底是好事還是壞事，我已經搞不清楚了。

Meme戴上了維多利亞頸圈，那種避免寵物在手術後抓舔自己傷口導致感染的喇叭狀護套，這讓野慣了的Meme顯得非常焦躁易怒，視線不佳加上身體又痛又癢，所有暴衝和攻擊的慾望都被壓抑在身體裡面，心情顯然很糟。

紫本要帶她去結紮的前幾天，連住院日期都早就和醫生敲定的時候，她穩當當地掐住這個時間點，發情了。真是悲劇。因為怕手術中子宮大量出血，紫聽從獸醫師的意見，決定延後再議，直到前幾天才終於紮了她，不過，那陣子焦慮的不只是她的貓女兒，她看起來比當事貓更不安。

紫說：「我女兒發情的時候，不是會喵喵叫嗎？她看起來從來沒有這麼不舒服過，而且重點是，她那邊會自動分泌透明的液體，不擦就會流下來，可我拿衛生紙去擦的時候，她會全身扭起來，但是又不敢亂動，而且發出很媚的叫聲，很明顯她不知道自己身上發生了什麼事，可是被碰到時覺得既舒服又難過……看到她這樣，我整個人都坐立難安了，因為我不想讓我女兒知道這方面的事情。」我瞄紫一眼：「妳這樣公平嗎？而且妳說這話格外沒有說服力喔。」「我還是覺得她什麼都不知道比較好，而且我不要她被外面的公野貓欺負，這是保護她。」然後陷入漫長的沉思。

我看看紫房間的布簾式衣櫃，那下襬已然變成一條條塑膠纖維流蘇，不用問也知道是Meme抓的，現在沒人管她，她就被放任得更狂野、驕縱了，愛抓什麼就抓什麼，恐怕一輩子都要和規矩與自制無緣。我的《附魔者》還好好地待在書架上，而她對書架是沒有興趣的，幸好。

過了好半晌，紫開了口：「幫我把抽屜裡的罐罐拿出來好嗎？不是上面那個，是下面——噢，妳打開了。」我拉開木質雙層抽屜的上層，看見裡面有非常大罐、淡黃色的半透明稠狀液體，一條拖把式多尾鞭，兩捆童軍繩……等等。我面無表情，「砰」地一聲用力把抽屜闔上。

「妳可以拿出來看啊，只是不要把那大罐的當成髮膠或護手液倒出來……」

「我知道啦，又不是在演《哈拉瑪莉》。」

那天就在我一直覺得被性騷擾了的狀態下結束。臨走的時候，紫蹲在地上撫摸著貓的背，突然像是福至心靈一般，睜大眼睛、一臉純真地抬頭問了我一句話。

「妳到底什麼時候要對自己誠實一點呢？」

我想像著，紫在男人的懷抱裡，白皙的身軀宛如一顆易碎的種子，然而，當她翻身坐上男人的肚腹，旋即生長出柔曲的根莖，小心翼翼地以男人的肉體為支撐，漸漸感到綻破、舒展，羞赧而開放著，旖旎一如妖異的珍卉。

她是被愛的，她是被深深愛著的，她因此開出巨大、完整的花來，那花色純白，內裡無人碰觸過的花心探出花瓣，顫顫巍巍向天空抽長，袒露、誠實、毫無保留，彷彿擁有了全世界的美、希望與力量。

●

紫告訴我，她被強暴了，對方是她多年的異性好友。

他近日生活不順，於是和她聯絡、見面的次數多了好些，紫並做飯給他吃，讓他和自己的貓玩耍，他因故受傷，也是紫先為他包紮再送他去醫院的；過了不久，他邀請紫去自己的住處參觀，而紫認為他們都認識那麼久了，也不疑有他，在他的書房看漫畫看得非常專心，完全沒注意到他是何時悄悄接近她身後，並且拎著一捆繩子；放她走之後，他又傳了好幾封簡訊過去。

他說，「我好想妳」、「跟我交往吧，我會只有妳一個人的」，種種此類。

我對著手機大吼：「快！妳沒洗澡吧？去驗傷還有報警！有朋友就找朋友不然我上來陪妳，一定要告到他脫褲子為止。」

「我已經洗過了。」

「妳是白痴嗎？」

「聽我說，我不打算告他。其實，我覺得自己也有責任，因為……雖然一開始是他用強的，可是我到後來也是半推半就的……我當時有在想，我男友他也不能常常陪我……他其實做到一半就鬆綁了，我也沒有抵抗或逃跑，就想說……乾脆做完算了，所以，我覺得我沒有資格告他，我是有責任的。」

「這不是妳的責任好嗎？一開始是他硬來，那就是他的責任，不要往自己身上攬。」

「我現在很有罪惡感，我是說，對我男朋友。我會去跟他坦承，他要分手我也沒話說，但是希望除了我自己之外，不要再有任何人事物被追究了。」

「妳瘋了，我長這麼大沒看過妳這種人。」

紫不願意提告，男人本來打算透過朋友去找黑道私下教訓他，被紫死命阻止了。不過，聽說才過幾天，紫的那位多年朋友就出了莫名其妙的車禍，受了些輕傷，但主要還是驚嚇居多，而人人都知道，這個世界本來就充滿了巧合、無常與意外，跟誰都毫不相干。

●

Meme過去了，死於大火之中。紫上班的時候，她住處發生火災，Meme她不知道可以往哪裡逃，也許，她在火場中橫衝直撞找生路過，但這房間乃至於這棟建築物都幾近完全密閉，她根本沒地方跑，而異常的高熱及燒毀物件傾倒的噪音逐步進逼，她首次覺得這個原先小小的、很好理解的世界是一座巨型迷宮，熟悉的，隨時會變成不認識，篤定的，轉眼就發現不安全。循著本能，她躲進溫度較低的浴室裡，瑟縮在其中一個角落發抖，之後便被濃煙嗆昏，接著死去。

紫哭到近乎暈厥。

失火後，她只能暫時寄居在朋友家，等找到新住處後再搬過去——其實也沒有什麼搬不搬的問題了，她全身上下的家當就只剩筆電、包包內的什物，以及身上那套衣服而已，頂多再加上從火場撿回來的細碎物件。男人快遞了許多衣服、被褥等她需要的東西過去，成箱成打地，為了安慰她，裡頭還放了許多飾品跟一件名牌外套。

「對不起，妳心愛的書沒有燒掉，但是不能讀了，一翻開就會狂噴黑色的煙灰，我會買一本新的賠妳。」紫發簡訊給我。

「沒關係，不重要了，倒是妳自己要保重。如果可以的話，我還是想要我原先那本書，它本身對我而言意義重大。」

不久之後，紫把那本煙燻火燎過的《附魔者》寄來我家，還用大號夾鏈袋密封住，看起來就跟從命案現場帶回來的證物一樣；我隔著透明膠膜撫著那永遠不能再翻開的小說，內心充滿了無言以對，直到靈魂的深深深處。

●

凌晨三點，紫在男人居所的鄰城旅館裡等他，本來今晚說好要在這裡約會的，但他未婚妻突然來訪，而且現下就睡在他旁邊；他從昨晚十一點開始傳訊息過來，從「她還在」、「她還沒走」一路變成「她睡著了」，這樣的語句不斷傳到一個鐘頭前左右就停止，現在音訊杳然。紫在臉書私訊裡跟我說：「他不會來了。」我沒有睡意，便陪她聊天解悶。

過了約兩個鐘頭，我們聊了一整串毫無營養和口德的話題並隔著螢幕一起笑得花枝亂顫時，紫突然丟了一句：「他來了！」「什麼！」「他傳訊過來說他就在房門口，問我願不願意開門。」然後就從臉書上消失了。

我不介意。我知道，此刻的紫，必然是全速跑向房門，一打開，看見確實是他，便撲在他懷裡，緊抱著這個以為失去了的人放聲大哭，像是被遺棄復又拾回的、不知如何單獨生存的幼獸。我望向窗外，天色已呈暗紫，將明而未明；紫所在的城市的天空，和我的看來是一樣的嗎？

再一下，再等一下下，天馬上就要亮了。

●

「地獄在後頭追趕，我們終於轉身，伸出微弱的手抓住那條繩索。」

浮花譚

我們初次相見是在行天宮，那個秋天，我和妳正好透過網路、跨越半個台灣，認識了約莫半年多一點。

那時我有個朋友，她論及婚嫁的男友去世了，被砂石車輾過，現場的情狀令人非常哀傷，而人在機車後座的她只受了皮肉傷，意識完全清醒，因此從頭到尾都知道發生了什麼；我記得那是個陽光金黃的連假下午，我正躺在家中床上睡午覺，迷迷糊糊中，耳邊手機驟響，我接起電話，聽到她不斷哭嚎的聲音，完全無法辨識她在說什麼，能聽清的只有不停重複的兩句話：「我男朋友死了，妳來C醫院的急診室好不好？」

我握著手機驚叫出聲，用最快的速度和最抖的手換上衣服，急奔出門。傍晚返家後，我陷入了深深的憂鬱，很疲倦，張開眼睛就流淚，只想從日落閉眼到另一個黃昏。

一開始，我憂鬱的是她的幸福就這樣沒了，後來，我發現我糾結的是愛別離與情緣定分，不只關乎死別，而是包括所有我看過與體驗過的分離宿命，及其不可免、無可議。

「明天我還要去看她，帶些漫畫和可愛的禮物幫她轉移注意力，雖然明知是徒勞，該傷心的，終究不能免，但不知道這是徒增她必須強顏歡笑的負擔，還是真正的支持？常常在生活中遭逢誤解、疏遠或離散等種種感傷，有時因此悲傷不能自抑，但一遇見死亡的場景，就覺得那些程度的分離反而是幸運，曾經沉重的，驀然輕便了起來，畢竟自己與對方仍然活著，就是幸福的事吧。我不知道自己能不能算是真的愛過人，卻總在離別和死亡之中，看見深愛的顏色。」

我寫了這樣一封短信，透過私訊傳給妳。半晌，又追加這兩句：

「讓我感覺生命虛無悲哀的契機，多是愛別離與求不得。我本來可以拍拍誰的肩說，會沒事的，或我們都會幸福的，此類種種。但這樣的事發生後，我實在很難再這樣隨口對未知的未來下定論，非常難開口。」

幾小時後，妳回了信：

「我想我多少能理解妳難以開口跟誰說『未來會幸福的，一切會好的』這種話的失語，因為老實說，當我爸剛過世時，曾經跟我說過類似話的朋友們，即使我明知對方是好意，卻還是有一種『你不是我，你才能輕易說出這種話』的莫名氣憤，和很深很深的悲傷。有時候是這樣的：有些事或發展，即便我們先感覺到或推測到了，也沒有辦法說出口或做些什麼，畢竟我們不過是凡人，而別人生命中正遭遇的課題，即使我們再心疼或擔憂，之於對方，之於該課題，我們終究只是個局外人和旁觀者。」

像這樣交換了幾千字的傾訴和類似經驗後，我托出其實前不久，我曾在行天宮拜拜，祈求親朋好友人身平安、不出意外，而且莫名地就行車安全方面特別許了願；我在鍵盤上打下：妳可以陪我去還願嗎？

妳答應了。見到妳的那一刻，行天宮四周的人潮雜沓如常，磚紅色圍牆裡煙火繚繞，門口駐紮許多流動地攤，叫賣著綑有香水百合、雛菊、非洲菊的花束，附近有蓮花的甜香味，觸動我將嗅覺轉化為視覺的機制，看見透光的晶瑩紫色；雨久，妳的外貌和手機裡小女孩般的嗓音完全不同，白皙而腴潤，手上掛著黑曜石和形狀類似隕石的珠串，遠遠走來，穩重而自在，相認時，我向妳討了個安慰的擁抱，妳以大方而理所當然的態度給予，氣息既不防衛也不拘束，像一個媽媽。

●

「在夜晚安靜的時候，自然或不自然、很多情緒或不帶情緒，和妳說一些話及發生的事，我好像可以不用介意我們是不是真的很熟，好像就是想說話的時候直接說出來就可以，但現實生活中的朋友又是另一回事，太久沒說話而導致一點都不知道彼此近況時，我會缺乏那麼一點信心。」

這是妳給我的上千條留言其中之一。

距離那起死亡車禍已經很久，事件中的朋友也因為相信了某些謠言而遠離我，誤解、疏遠和離散在我身上又重演了一次，而其他的好友若非忙於論文、工作，就是休學、搬家、分手，不約而同紛紛離開此地或投入與他人有關的事務中，我也正逢大量爬梳資料、選論文題目的階段，但內心有低氣壓盤旋不去，而妳也是。我們共同的問題就是太在乎他人也太需要陪伴。

我除了看戲劇演出之外，多了好些上台北的理由，譬如像妳的生日、我的生日、妳我身上發生值得慶祝的事，又或者純粹只是想暫時遠離占據我所有日常的那座台地，都很值得我橫越一條條河流，宛如一滴水順著人造道路，滲進原本與我關係疏遠的這座盆地，將哀樂心事一概傾注、埋沉，讓它像古台北湖的遙遠幽靈，我獨獨在此地剖開胸膛，任它漂浮於這塊土地上，再讓妳施以香草、薰煙和祝福令其淨靜深眠。

●

妳平日很低調，從不在公領域提自己的雙性戀取向，即使提到妳的女友，描述方式也會讓他人以為那是男友而非女伴，然而，妳一旦把誰納入了好友範疇，就會開誠布公地說明妳是個什麼樣的人。有趣的是，身邊的異性戀都不覺得妳噁心，或有任何程度的道德虧失，反而是女同志圈的朋友，幾乎個個都不了解妳。她們說：「妳愛的是男人，只是誤以為自己愛女人而已。」有時，會讓妳覺得她們好像有非把妳砍成兩半，再把她們認定屬於己方的那一半帶回圈子裡不可的架勢，讓妳既好氣，又好笑，只是妳我也都知道，這對某些人而言是很難笑出來的，問題。

妳的女友N遠駐美國，在舊金山和台北之間兩地往返，我看過她的照片，雖然是女性卻剃了近乎全光的平頭，臉部線條剛硬，「一看就知道原則很多，很難商量事情」，我老實地跟妳這樣說我的觀感，妳嘆了口氣。那樣的表情出現在一個女性臉上，真是令我印象深刻，而在妳的描述之中，她的控制欲也和她的輪廓一樣，牢固不可搖撼。我旁觀妳們彷彿磁鐵兩極的關係，感覺擔憂，也隱約看到了結局，但我只是個旁觀者，只能傾聽，或偶爾和妳一起解妳抽出的塔羅牌，試讀未來有無關於希望的一點訊息。

就讓我這麼說吧，妳是個現代薩滿，都市裡的女巫，妳講述的許多靈魂經驗，和N乃至於多數現代人以左腦為世界中心的思想，完全是南轅北轍，妳慣作的空間與器物淨化儀式、冥想修行、用月桂葉和鼠尾草薰香、在家中擺水晶陣，或在公園、樹林裡對動植物及土地說話，以及在街上攔計程車時，若不是直覺對的車就不坐，否則寧可用走的等等，她都抱持著「真是有趣的怪異嗜好」的眼光來看，但從來就不了解妳這麼做的意義，也不相信世上有任何無名的精神體可以與人感應，且覺得人死之後就只是一堆土壤，無聲無感，不需要太多祭儀和留戀。

妳們合得來嗎？在許多部分上當然，不然也不會一起走過數個年頭，而她也不是一逕追求穩健的常識者、入世者，相反地，她時常選擇最冒險、最難走的那條路，包括隻身赴美、在美國業界打天下都是，但她心裡明白：只要成功了，回報將是不可與往昔相提並論地大——她是個踏實而膽大包天的賭徒。她也相信宗教，和妳最初的佛道信仰一致，也會在人生各方面陷入瓶頸時持誦《金剛經》，並要妳與她一同。然而，妳不喜歡這種與其說「祈求」，毋寧更接近「交換」的舉動，妳想的是：為什麼要想這麼多？為什麼一定要抓得緊緊的，而不能接受有些時候再怎麼做，世情和運氣就是如此，不如放下隨順的事實呢？

和妳在深夜的公園旁，用煙與香自我淨化和鎮靜後，聽妳一段又一段地說著她的事情，我忍不住揣測妳父親早逝是妳即使明明不適合，也總深深眷戀著大男人性格者的主因，可是她那樣的思想，和妳對父親的愛是扞格的。雨久，妳不曾這樣覺得嗎？

●

「我覺得好累，自我和需要照顧別人的現狀在打架，但有時又會懷疑這樣想是不是不對的，雖然我同時也覺得能照顧自己愛的人其實很好。老實說，全世界對我最好的就是我爸了，尤其是在他過世之後感觸更深，以前有他照顧我、關心我，不過現在最照顧我的人不在了，而照顧其他家人們的擔子落在我身上。」

「我有時也會想，全世界對我最好的人就是我爸，如果有一天他不在了，這個世界還有誰會對我這麼好呢？其次，雖然個性很緊迫盯人，但如果連我媽也不在了，又有誰會那樣關心我呢？還有，人和自己保有連繫，擁有很強的自我，我覺得是很正常也很必要的，而且總歸是好事，畢竟總在照顧人或總被照顧的，各自一定都有不那麼開心的部分。我爸某一次出事了，自己一邊流血一邊開車到市區找醫生；那時有些狀況，所以我媽對此無動於衷，我可以理解，不過，我討厭自己不會開車，那時候也不在家的這個事實。可以照顧人，我覺得很幸福，表示妳很有能力，也被信任著。」

妳從國小開始和父親寫信，寫到他過世前一年；他過世後，這些信紙全放在一個盒子裡，妳每開一次就流一次淚。妳很害怕失去其他的家人吧，可是，世界即使聽見了我們的渴望和祈禱，送來的也未必和期盼相符。世界對美好的定義，和人的眼光總是有所差距的。

某一晚，妳打電話給我，一接起來，聽到的就只有妳的哭聲，我嚇了好大一跳，這種事不管發生多少遍我都沒有辦法習慣；妳說，妳弟弟得了癌症，是基因突變導致的特殊型，因為無法自體生產某種酵素，進而無法排出某種一般人都能排泄的蛋白質，久而久之就變成這樣，也正因為是基因問題，它無法根治，只能用標靶藥物抑制，現在的控制狀況還算良好，但健保給付期限只有兩年，而斷藥後的復發機率是五成，死亡率也是五成。這還沒完，妳母親同時也被診斷出患有極輕度的阿茲海默症，因此妳還不敢讓她知道弟弟的身體狀況，因為妳聽說這病的患者如果受到嚴重精神打擊，會輕易、快速地從極輕度症度升高為重度患者，而且不可逆；此外，重度患者的平均剩餘壽命不到兩年。

這表示，妳有很大的機率，將在幾年內失去所有的家人，只剩妳自己一個。妳幾乎沒有其他旁系親屬，只有一位即將出家的叔叔。

妳隔著手機邊哭邊問我：「我一直以來，都相信無論發生了什麼事情，那都是上天要給我的功課，或是為我安排好的命運，而一切自有它的意義。可是，現在我好想問老天，給我這種爛到不行的命運到底是為什麼？為什麼！」

我隔著話筒，默默流下眼淚來，一言不發。

或許是聽到我吸鼻子的聲音，妳問我：「妳在哭嗎？」

我說：「是。」

「為什麼呢？」

「我不知道。」我握著手機，說出一部分的實話。另外一部分是：我無能為力。

過了約二十分鐘後，妳收乾眼淚，又打起了精神，並且對我說：「我曾經想過，我沒有其他的親人，只剩他們而已，那如果他們全死光了，我活得下去嗎？我想了很久，答案是：活得下去。就算只有我自己，我也活得下去，而且，我要活下去。」

●

因為家人的病，妳的個人信仰更加鞏固了。妳總覺得：人生中，沒有什麼特定宗教、教條或符號是必須要深深相信的，順著生命的流動去走，只要這樣就好。妳對我說：「我要知道如何在人世間安身立命，找到和萬事萬物共存的方式。」

然而，N對妳的信仰愈來愈無法接受，她認為妳背叛了她和妳的原生家庭共同的宗教，而妳發生了什麼不順遂，也都是妳不願意持誦經文的關係，並認為妳在房間裡鋪地毯，上面放著一堆她叫不出名字的石頭和木頭，還有妳憑靠直覺生活的態度，是非常異常且脫軌的事情，這就已經不符合她對伴侶——一個傳統好妻子般的女性——的期許，尤其是妳漸漸不再凡事以她為主，比之前獨立且硬頸許多後，她感受到強烈的不安。

妳們在不聯絡時期拖得很長的「某一次分手」後訂婚了，她邀請妳到美國與她結婚，這樣一來，妳每年都可以在舊金山待三個月，而且在美國是真正受到法律認可的夫妻。可是，締下婚約之後，她對妳與她相異的部分，卻是更加敏感且不能包容。

最後，她說：不想結婚了。「妳不結婚就沒有安全感，因為妳只是怕沒有人給妳明確的承諾。」丟下這句話，她跟妳分手，此後未再復合。導火線是妳與朋友的廬山之行。

廬山是妳兒時的回憶，裡頭有妳的家人和往事，而廬山溫泉將關閉時，妳抱著這樣的理由，和一位「想聽聽這座被人類開發過度以至衰頹的山，究竟會傳達出什麼訊息來」的朋友，一起用大約兩天的時間待在這裡，夜晚投宿小木屋——其實大部分民宿和飯店都已撤離了，剩下的也準備在一年後撤空，使街景覆上了些慘澹淒清之感——之後便在允許進入之處，不算太深地走進山林間無目的地徘徊。在行走之間，尤其是臨離的那刻，廬山在你們眼中出現了一個彷彿的幻形，像個衰弱而憂鬱、隱沒在陰影中的老人：它真的受了很重的、足以使形體崩解的傷，生機氣息幾乎泯滅，已經可以確定它必然需要經過很久很久，也許久到我們都看不見的那時候，它才有可能恢復以往的生命亮度。

在山上的時候，N照例打手機過來，妳的直覺和經驗告訴妳：這電話不能接，否則必然會吵起來，直到妳屈服並立刻下山回家為止。妳放著那塊不斷震顫的金屬抖了一整夜，到了隔天下山時分才打給她，告訴她自己在哪座山上，並且馬上就要回來了。那天開始，妳們陷入了冷戰：「妳總是『我覺得』、『我直覺』的，為什麼妳要活得這麼隨興！今天妳可以說直覺不該接我電話，明天妳就直覺應該跟我分手，後天直覺要跟哪個男的去睡是不是！」其實她並不擔心妳和誰出軌，但妳「為什麼要到山裡亂跑」、「為什麼老是做那種亂七八糟的事情」，成為她心中一個名為「失控」的結，並漸漸擴大成妳並非一個好太太的結論。

她的話語就像以理性和精密邏輯製造出的推土機，鏟平了妳在心中山野保留的一坪野花，揚起漫天塵埃，令妳不知是否能再看清星座的位向。

在這一切都發生以後，妳並不如我所憂心的那樣，相反地，沒有一點被擊倒的樣子；一日，我收到妳傳來的訊息，說妳已離開生長的盆地，來到了一個面向太平洋的沿海地帶：妳有很強烈的感覺，很可能幾年以後，妳家人的病會拖住妳的生活，讓妳哪裡都去不成，而這情況也許會持續非常久，所以，妳想趁著家人尚屬健康時，到遠方去居住工作、汲取經驗，所以妳現下人在花蓮，與當地阿美族人生活在一起，和他們平實地一同作息、勞動、串琉璃珠，有時學他們的族語。

在某一個花蓮海邊極端晴朗的日子裡，美的形態恰好是典型的海天一色，族裡三位擁有古銅色肌膚、全身結實並打赤膊、穿牛仔褲加叼根菸的中年人，興致一起便帶著你們這樣的外人前往附近海灘，到了定點之後，就直直往海裡走去，接著順捷地游了起來。許多人都脫下上衣，一邊歡呼一邊跟進，但妳不敢，非常遲疑。然而這時，妳突然看見海上有三顆頭，菸還叼在嘴上，如同三截漂流的煙囪般載浮載沉。「真是太帥氣了」，妳低喃；這一刻，妳發現妳好像突然不怕了。

雨久，時間即存在，是同一片海洋，活著就是來自海底，生於陸地，之後不停哭著鹹鹹的水，用耗費一生才能到達的速度往潮裡走去。妳看著海裡的人們，一下子笑了開懷，於是也脫掉外套，不再在意衣褲鞋襪將遭受的浸濕或嗆水的苦澀，往海潮間奔跑過去，純然歡快地跳進一片純白細碎的浪花之中。

就像從來沒有出生過一樣。

卷二　所以，我們並不孤獨

我們僅有的告別

一直習慣將那把水綠色的傘斜靠在房門邊。前幾天，我在匆忙之中開門外出時，不小心讓它滑進門縫，加上關門時用力過猛，銀色的傘柄發出一個緊繃的單音後便被夾斷了，這只是一瞬間的事。G，那支雨傘的照片至今還保存在妳的部落格相簿中，它當時懸掛在我們常去的那家輕食店內原木吧台邊，色調簡單、清爽而協調。妳曾說過，妳最喜歡這樣的質感。

一年半前，面對占去半面牆的大片落地窗，我們坐在木頭板凳上，吃著加了過酸油醋的生菜沙拉與法式軟麵包。清楚記得那天下著雨，窗外的天空布滿均勻暈開的淡灰，我將帶來的傘勾在吧台上，緊靠種有翠綠色大葉植物的盆栽；妳說，配合右側的粗糙素面白牆和栽盆的磚紅，視覺效果未免也太舒服，便接著拿出妳那香檳色的新數位相機拍下那張照片。

妳應該不知道吧？在妳稱讚那把傘很有韻味的時候，我才真心接受了它的存在。也許是距那之前一或兩個月的事：我將很喜歡的一把水綠色木柄雨傘放在圖書館前，出門時，發現原先那把傘已不見；我到處翻尋，只看見一把也是水綠但顏色稍淺、連著鍍銀漆塑膠把手的傘，剩下的，只有花樣駁雜的各式折疊雨傘。一定是被拿錯了，我這樣猜測；那天下著傾盆的、不知成因為何的雨，我無法不撐傘回去，只好帶走它。

之後幾天，我特地查看過幾次圖書館傘架，始終都沒發現原屬於我的木柄雨傘；可能是挾帶遷怒的意味吧，那陣雨一停，我就把它丟在房間角落，覺得它的歸屬錯置了，不是我房間的一部分，也不是我的東西，而我毫不想擁有。曾想過把它放在什麼地方當愛心傘，卻又忘了如此做，直到又一波不知原因的雨期到來，才不得不又帶它出門。被妳這樣一稱讚，我開始覺得這把傘沒這麼礙眼了，也許該試著接受它，畢竟它已來到身邊受我持有了，我心想。

帶著水綠色雨傘和妳見面的那個上午，我們說好要旅行。

那個初夏，我們都剛從大學畢業。之前整整半年，研究所考試帶給我的焦慮與失措，以及在中北部各處趕考的體力消耗，讓我在那段時間裡只能注視書本，完全無暇考慮別的事情。敲定報到的學校後，終於有一段得以稍息的閒適日子，足夠我在高壓至食不下嚥的日子結束後，重新確認自己和理想之間還有多少距離？好不容易初入研究領域，今後我該如何安排嶄新的生活？照理說我該好好休息，以便繼續安排讀書計畫，但我僅僅圖個短暫平靜而不可得。我終究必須承認的是：蝴蝶早已離我而去，不曾歸來。藉著考試壓力逃避失落感這一保護層，已然隨著考期的終結與錄取而剝落殆盡。

意識水面一被思念與悔意劃破，便宛如沉底水雷起了作用；那爆破的巨大水柱與後續的波動令我無法不受搖撼，而我面對情感時總自覺是一條孤舟。

坐在我左側的妳，舉止愜適中帶有幾分得意，正對我詳述妳是如何爭取到一個藝術工作團隊的職缺。妳是如此熱愛各式各樣美好的事物，在學生時期就在這方面下過不少苦功與研究，即使所要面臨的業務內容不屬於演出那一塊，妳對未來仍充滿期待，不斷念著：這樣一來就能親眼目睹一場場展演的誕生、更進一步接觸那個世界的實務等等。妳笑得如此開心，充滿夢想與奉獻的熱情。

然而，妳也有相似的心事想向我傾吐。我們換了個話題，妳的心情從室內的簡單明亮漸漸翻面成窗外的陰雨。那個有著小狼氣質的美麗男孩，他的若即若離、曖昧言語與對感情生活的絕對保密，早已困擾了妳好一陣子，令妳迷惑不安，不知對方是有所欺瞞或是顧忌什麼？

我們的背部浸潤著溫暖而安全的燈光，眼睛卻陷在各自的雨季裡。G，這就是起點，我們約定每年夏天都要一起去旅行。

●

旅行的本質是什麼？許多人一旦有過遊山玩水的經驗，便迫不及待想在人前發表議論，好像只要對此有所見解，就是示現一套見微知著的生活哲學。然而，每個人旅行的目的都不同。一個人所相信或假設出的答案，對其他人而言不可能完全合適，去除掉對鏡喃喃自語的時刻，它不具任何價值也不成道理，沒有用的；探知其中巨細闡微的唯一方法，只有親自踏出去，並將自我全然擲入其中。

這趟旅行在成行之前，意義早被假定：我們共同的目標不是逃避就是思考，但未達目的地前，我們都不知道自己與對方接下來會怎麼想，我們真正所做的，只不過是在徬徨狀態下脫離日常與慣性，然後等待一個事件，或瞬間觸發的念頭，祈望有什麼可以幫助我們瞬間超脫。

G，後來想想，當時我原以為將自己拋入旅途之中，就能藉由空間的陌生，連帶地與自我影像拉開距離，進而以旁觀者的角度審視自己，至於妳和我，在這段路上對彼此的意義就只是互相照應的人、相互映照的鏡面，但我錯了，因為這趟旅行的本質就是思念，我們要處理的情緒不是切換地理位置便能解決或逃開的；在我傷痕未癒、妳苦惱熾盛的憂愁之下，我們其實無處可去。

海拔一千七百公尺的南投山區比想像中還冷，太陽下山後氣溫陡降，空氣嗅起來像平地的秋末冬初。夜裡，我們裹著薄外套忍著寒，站在小木屋外的走廊上看星星，並互吐心事；妳突發奇想掏出手機，提議錄下各自想對心中之人說的話，以及對未來生活的願景；G，最近我向妳提起這件事，並問妳錄音檔還在不在時，妳說早就把它洗掉了，因為事後聽來只覺得可笑又害臊，但那確是我們最初與最誠實的願望。

G，在那年，整座島嶼真正進入秋末冬初的時分，我獨自北上看了一齣新編京劇，三世離別的劇情重重催化了我的憂傷，而舞台效果又太靈活鮮麗，觀賞完十數日，回想起來仍然覺得淒豔非常。那劇中人說：「莫忘初衷。」編劇告訴觀眾：「愛是捨得。」G，這兩句話，在我日後試圖撬開瞳孔內的籠門、放心中蝴蝶離去的百多個日子裡，將我支撐起來，並學習接受遺憾與無常的不可逆、不可免，而那些往昔與初衷，皆已牢牢固定在我永遠無法再碰觸的時間帶裡，並將與此生悠悠長伴。

那一年，無論秋冬皆來得特別早，尤其冬天似乎比往年冷。不過才九月底的時候，空氣便充滿清冷的味道；這在以往都是到了深秋時分才出現的。G，每個季節都有它特殊的氣味，尤以春夏和秋冬兩造最明顯；春天將至的時候，空氣彷彿會出現一絲又一絲看不見的流蘇金線，然後逐漸增加，越過盛夏的飽和後，又開始液態化，成為恆河一樣混濁的水流，令人不悅；此際，月白色紗絹般的輕質感空氣總及時出現，開始著手滌淨天地之間飄流的種種，那可見與不可見的一切，都充滿重新來過的氣味。

常被誤解為上了研究所後想做什麼改變，但其實只是因為冷：那個冬天，我穿上母親為我添購的英倫風靛藍毛料長大衣，那好像是羊毛與蠶絲混紡的，並搭有內襯，非常保暖；為了那件大衣，我買了許多新裙子及褲襪，還有一把更加輕便易攜的紫色摺疊傘，並逐漸放棄大學時代牛仔褲、體育褲不離身的穿著習慣。和相熟的餐廳老闆娘聊天時，她說直覺上我好像有什麼地方變了，但我不知道除了衣著與配件外，她還看見什麼？我當時唯一能想到的，只有嘴唇和身上皮膚好像變得較容易乾裂了而已。

G，我本來期待第二年的旅行會是自由而輕快的。

我們平均一至二個月一次的飯約與手機通話，是我面對新壓力卻又找不出解決方法的時候，最期待也最安慰的事之一。妳邊欣賞眼前英式三層下午茶的結構邊說，妳正全力投入新的工作，雖然薪水很少，以至於妳開始常常抱怨偶爾吃點好東西，事後就要勒緊褲帶好一陣子，但妳相當滿足於妳的工作內容。妳說，妳認識了許多人，尤其是那些令妳覺得美麗或奇妙的，妳總不厭其煩說給我聽；到後來，那些表演家我大多沒親眼見過，卻好像跟他們共事過了一樣，我甚至記住哪個俊秀演員因為低血壓而天天發起床氣，哪個名人有特殊而富童趣的收藏癖好，甚至知道妳的上司在壓力過大而想找下屬麻煩時，總會唱Lady Gaga的歌作前哨。妳表情促狹地說，在你們那裡，男人跳起舞來大多比女人還騷包。

不過，在妳說話的同時，我發覺妳身上有些微妙的改變；我對妳說，我有一種預感：有一天，妳會變成截然不同的、一個我不認識的G。妳大笑，說不可能，那一切都是用來應付工作與生活的表象，妳永遠都會保留一部分熱情洋溢、肆無忌憚而橫衝直撞的自己，也不會放棄追求戀慕的任何一點可能。妳到了此時，和小狼男孩的關係還是原樣，而妳一直在拼湊他零碎且反覆的回答，又像似目不轉睛盯著一個沙漏，積極而勇敢地凝視著，直到心神隨之緩緩耗竭。

初春到來之前，我嘗試性地接過幾份案子，立下許多學習願景，並訂下更多的預讀書單；那時，我已漸漸不再為他人而感傷，因為我知道這世界不允許任何一種悲傷之耽溺：世界會運轉，但悲傷不會。我終究要承接起新的身分、新的生活，往追索的道路不斷前進再前進。

猶記得一位占卜師說過：一個人在他生日的前個月份最是辛苦，因為他在過去一年的所作所為，都將透過運氣和收穫等形式回到自己身上，或是以挑戰的形式出現，直指他行為的錯誤與盲點。G，我前進的過程非常不順利，除了「鼻青臉腫」外我想不出更好的詞句：也許是因為未設短期目標？或學習熱情因倦勤而減退？客觀地說，我一直無法很好地投入研究狀態，學習速度永遠落後他人一截，但因為選擇就讀研究所是我一直以來的心願，所以更無法理解現下這違心的怠慢是怎麼一回事。

無力感因此更加深重。

我不知能向誰拋出這種抽象而無標準答案的問題？誰又能一針見血地讓我醒悟痊癒？之後，我常常沒來由感到不安，有時在自己的房裡會感覺背後正有人窺視著；雖然心裡明白其實什麼都沒有，卻仍然恐懼至雙手發汗、全身僵硬，或是有尖叫出聲的衝動；在醫院，我拿到一只填有「焦慮症」和「適應障礙」的診斷書，以及一堆藥片膠囊，自此開始了一個恍惚的春天。

剛服藥的那段日子，每天都昏沉想睡，上課時要不斷擰抓大腿和手臂才不至於睡著，觸覺和味覺也明顯出現衰退的現象；我無法想像接下來該怎樣生活，因為什麼都做不好、做不到，甚至過了今天不知道明天意識是否清楚。在學校裡接受了十八次心理諮商，就結果論而言，對我並沒有任何實質幫助，即使我和輔導老師都覺得對方已經非常努力。

最難以控制知覺的時候，我曾摔倒在地，隨後蜷縮在床上痛哭失聲。我自問：為什麼會變成這樣？我真的有必要服藥嗎？我該相信我的醫師嗎？但我不知道。

我不知道。

我的醫師在好幾個星期後終於為我換了藥，成功地減輕了我的昏沉狀況，這對我而言是莫大的解救。過了數月，空氣再度呈現澄金色的狀態時，我已逐漸習慣與藥共息的生活，不再無可抑止地嗜睡，只是身體宛如榨乾後需要時間休養般，慵懶且比往日稍稍易病，只是這樣而已。

沒有任何事是不能習慣的，G，我開始認真地這樣覺得。這不是什麼消極或妥協的話，但我漸漸覺得，有些事情一時無法解釋，不知為何走到這個方向，但事後看來，卻覺得是個無可言說之力量的安排，與理當如此。單單為了照顧自己的身體和維持生活秩序，我除了自己之外，再也不去思考其他人的事情，也因為如此，我不再覺得有什麼比自己、比這副身體還重要。

要愛自己，妳說。在手機那頭，妳哭了出來，這時候正好是春末夏初。

那一年的旅行，我們選擇了妳指定的花蓮，住在面向海洋與寬闊公路的民宿裡；白天騎機車到花蓮市區遊玩，或到無人的海岸沙灘上大吼大叫，除此之外都照妳的意願，哪裡也不去，只待在下榻房間裡說話，因為這次最傷心的人變成了妳。妳終於從他口中得到了相當傷害妳自尊的事實：妳之於他，頂多只是個頗可信賴的姊姊，實際上他另有所愛；同時，妳真正的敵人，不是那些可見的物事人情，而是他基因裡的千軍萬馬，還有他希望被疼寵與安慰的私心。妳說，這太荒謬。

在花蓮市區，我買到一件水藍色的紗質洋裝，那幾天幾乎都穿著它，在妳身旁或坐或躺，重複看著一直讀不懂的一本理論書籍，天一黑便沉沉睡去宛若養病；總到隔天，我才曉得妳前夜又沒能安穩睡下。看著妳用布滿刮痕的銀色手機拍攝下的，黎明之前雲層與天色的變化，以及太陽浮出海平面的一幕幕場景，我突然覺得妳非常孤獨。G，我不是不能了解妳的哀楚與不甘，但每個人的痛苦都是獨一無二的，除了和妳彼此陪伴外，我無能為力。而這次，我想我或許真正成為了妳的鏡子，與照應。

從那趟旅行回來後沒多久，妳便把工作辭了，並找到一份業務較單調繁重，但薪水與待遇都相當不錯的新工作。妳說，之前的薪水實在太低了，妳畢竟需要更好的生活品質，也覺得該開始計畫儲蓄，多為自己的將來做一些打算。

G，我知道這世上有許多更為辛苦的人，但在我們相對順遂且有限的人生裡，我以為這樣已是穿山入海。

●

上個月在居酒屋喝熱奶酒、聊著我終於漸漸改善的研讀狀態時，旁桌正有一群大學生在喧鬧，男女兼有之；妳說妳最近開始容易嫉妒這樣的人，他們揮霍時間的態度好像用之不竭一樣，偏偏妳在大學時代也是這樣以為，常常抱怨時間和生活的節奏太過緩慢、無聊，就像成英姝小說裡，青春而張狂的年輕男生一樣，認為若不快樂，有沒有下一秒便根本沒有差別，但現在已經不是，甚至連聽見有人說「時間毫無意義」

時，妳也會勃然大怒。

此時，我感覺好像有些說不清的事物，離我愈來愈遙遠，又好似愈來愈近；我不曉得如何與它們對焦。近來發現，我的時間感很容易錯亂，尤其是天冷的時候，我常不小心誤闖某些已然過去的場景，以致闊別經年的許多事情，霎時看來彷彿昨日，而與正在發生的事物混合不清、相互推擠；又或者，從前儲存、感知時間與記憶的方式可能已不再適用了，因為在我看來，時間流動一天天加劇，而記憶來不及將其帶來的那些一一歸納，或可說是時間感與現實之間的不對稱愈趨強烈，所以許多感覺都模糊、錯置了。

我傷感於時間太短。聶魯達說：「遺忘太長。」

G，時間是喑啞的故人，我們只能望著它，或把臉轉開：它無可避免地與我們共有記憶，並在不知不覺間改變了什麼。但，我們可以選擇如何待它、如何記住，還有如何遺忘。我想，有形的事物，就像水綠色的雨傘，無論如何總有毀壞的一天，而那些無形的，雖然看似永恆、揮之不去，但透過前者的損滅與滄改，譬如下定決心丟進回收處理箱一樣，因著這樣的告別，而終能漸漸消散於我們眼前的世界。

海市

每當我離開校區，經過腸道般曲折的密林小徑來到後校門，也就是必須在不到一公尺的距離內側轉三次身才能通過的水泥門廊前時，總會想起粵語中的「石屎」：門框的顏色已然斑駁，現出黑白交纏的霉樣花紋，這其中很大一部分是未除淨的陳年黏膠造成的——許多與打工、租房或商家宣傳訊息有關的廣告都貼在這個地方，一層蓋上一層，是現成的資訊墳場。

接下來必須屏氣。如果不屏氣並快步走過前方這一小段路，首先嗅出的，必然是面向大路的攤販區後台的菜葉、垃圾與不知哪戶人家放在路邊供大型犬休憩的紙箱，冒出一股股互相糾纏的醃漬味與腥臊氣，繚繞在連接後校門與學區商圈的腐舊廊柱，經年不散。頂著昏暗的日光燈，在布滿黑色垢膩且微微有著黏性的地磚上，可以清楚聽見自己腳下靴子膠底與地板間反覆附吸復撕開的、瀝青色的破碎聲響。往前走幾步路，離開短廊道，轉個彎來到明亮街口，立刻可以聞到攤販區前台蒸炒食物的白色煙霧與油嗆味；前台後台以一壁之隔相互交映，宛若光與暗、豐盛與衰敗、美好與賤斥的隱喻。

我總覺得那條光線黯晦的髒汙走道是一條直腸，吸收並容納了由四方傾倒至此的卑微，而從學區帶著一身來自生活各層面的挫敗回到住所，間中必然要通過此路的我，又是什麼呢？

回到房間也不代表救贖或庇護，因為有的房間很可怕。如果施工品質不良，濕氣過重時，牆壁就會冒水，不時生出一層彷彿貼在人體皮膚表面的薄薄汗霧，若情況再嚴重一點，就會流下透明冰涼的淙淙水珠，不知該說是淚水還是盜汗。

然而，我待在自己房間裡的時間愈來愈長：或者昏睡，或是睡不著但感覺太疲倦而躺在床上看天花板，腦海中跑過色彩飽和度極高、輪廓清晰俐落有如刀鑿的影像，卻又流水般一掠而逝且無法記憶。

就在那時間點上，木頭書桌桌面上的玻璃墊長了一小片泉白色的霉菌，毫無有機養料但穩穩地朝天生長，像我瀏海的顏色；之後，所有靠牆堆放的書、文稿與海報，全都長出或墨綠或梅紅的潮斑，再心痛也只能盡數打包回收。

我總覺得這個空間不只是包覆我的建築物，而是確實活著的東西。

憶起上一個聖誕前夕，我自學校返回房間必經的巷路上，許多店家迎著這份節慶感，把亮晃晃的各種飾品吊掛、黏貼或擺設在店前，我便一間一間瀏覽，內心湧出一陣暖意，這是我一向喜歡聖誕節的原因。我當時的目光被便利商店大門口那些在我眼中令周圍洋溢救贖感的聖誕樹與金、紅等各色裝飾攫住，因而在那裡停了許久，直到一回神，發現超商裡的店員正一臉疑惑地趴在櫃台上，挺出整個上半身看我，才使我窘迫地收回貪看的視線，加快腳步回房。

聖誕節，安寧與喜悅的感覺是確實的，只可惜夾駐在我唯一的兩點一線往返路途之間，它們是川流，是短暫停泊，不是屬於我的東西。

自從開始服用精神藥物後，我頭上靜悄悄地爬上了彷若菌絲、慢慢從前額延伸至頭頂的白髮，且大多集中在瀏海，但這不是家族遺傳，甚至不是往常的體質；我猜，現下這副身體裡，必然有某個部分已然超乎我想像地潰敗、塌陷下去了。

我在課堂報告中吐出的語句滲進自己的耳裡，像是亂碼，連自己在說什麼都不知道，一停頓就是以分鐘為單位計算，滿室因而陷入尷尬與因度秒如年顯得異常漫長的死寂。這個春夏之交，我不只一兩次在精神科門診，獨自從太陽正好的下午候診到天黑——如果不是親眼見到，真難想像那裡一年到頭都是人山人海，並不知為何常望向窗戶外頭，自動想像起剛剛擦身而過的那些人回家看電視、吃熱騰騰的家常飯菜的樣子。

可是，就是從那時起，我連南部老家都不回了，怕家人發現我的異狀，而且我覺得他們不會認同世上有心理疾病的存在。

有學妹問我：妳在減肥嗎？為什麼在短時間內變得這麼瘦，以致四肢有如枯柴？為什麼臂上原本有一些蝴蝶袖，竟一下子變成垂掛於臂下的鬆垮皮袋？還有人問：聽說妳專門翹課？很快就要休學了？

我不敢說話，好像說了就會經由言語的塑成而認肯這樣一個句子：「妳是個廢人。」

一個廢人。在不堪思考之外，也逃避起他人的廢人。

我的話語被鎖進我的身體裡。

某天早上，在半夢半醒間，突然覺得臉上涼涼的，用手一摸，睜開視線模糊的眼睛細看，是淺紅色的水漬；我嚇得完全清醒過來，以為口鼻不知何時溢出血來或臉部受傷，急忙舉起另外一隻手往臉上小心翼翼輕擦，然而，是完全乾淨的。此時我心生一股異樣的直覺，立即抬頭往上看：天花板望上去相當潮濕，那痕漬的中心點，有著以極緩慢的速度往中心聚集的液體表面張力圓珠及其反光，正對著我睡眠時頭部擺放的位置；在我因無能處理而表情木然地盯著它看的同時，那灘居高臨下的濕漬，落了一枚深紅土色水滴下來，發出微小的「啪」一聲，穩穩濺在我枕邊，變成一堆破碎離析且更細的水珠。

吃。定時、增量且不間斷地吃，血管裡沉澱了滿滿的「安靜」，是深藍色的空氣，是水藍色的藥片，從我全身的孔竅流出它的命名。深夜，我時常一臉空茫且靜默地閱覽熟悉的網路論壇，一再按下「重新整理」按鍵，直到發現此處可能只剩下我駐守為止。

我把自己的身體鎖進房間裡。

此後，我很少離開自己住所與學區所在的地段。下課後，穿過攤販區後台的臭熏空氣和一團黏連，旋即來到前台購買吃食，再走過長長的巷弄回房，漠漠地攝取那些才剛被我厭棄的商家的生產物，任它們在我體內分解，重新聚合成氣味一如其製造場所的物質；我想到了「啣尾蛇」，那種被人創造出來的、吞食自己尾巴的虛幻蛇類，牠形象的涵義是輪迴、永恆不息，可是這其中哪有什麼永恆可言呢？牠自體循環，牠只有「我」，總有一天把自己徹底吃光。

那一陣子，不知為何時有大風，無所遮蔽的樓房，在半夜時發出鋼筋彼此摩擦的顫抖聲，彷彿隨時都會崩毀。

再度準備將自己連著幾天關進房裡時，我來到返房之途必經的超商，蹲著揀選防腐之物——若還沒決定去死就仍然得吃東西；突然，有人快速而安靜地靠近我又立刻離開，一轉頭，看見的是當班男店員搬著什麼東西走向櫃台的背影，而我放在手邊、內中食物堆積如山的購物籃已經消失。之後連續幾次都是一樣的情況：皮膚極白的男店員老是低著頭，一聲不響地在我扛著購物籃預備結帳時，把我的籃子從手中直接拿走，靜靜地結算；我有想過在「謝謝」之外是否應該多寒暄一下，但也不曉得可以說什麼，而且現在連與生人對談這事本身，都令我感到膽怯退縮。

然而，因為這些事，我開始注意起這個人；過了一陣子，我猛然想起去年聖誕節，趴在櫃台上的店員就是他。

回房之時，看見隔壁的女孩大開房門，很重視音準、轉音中充滿拿捏地唱著孫燕姿的〈遇見〉，不過兩個禮拜前，她才全然不顧路過棟友眼光地高聲唱著哀怨悲歌；雖然對旁人來說有點吵，但對她而言是好事。我會心地笑了笑。

我對她的印象頗為深刻：在一個我眼前模糊卻無法入睡的凌晨兩點半，隔壁突然爆出痛苦的咳嗽聲，並在發出一連串碰撞音響後跑進浴室，對著馬桶激烈地嘔吐、哀吼起來。隔著一道牆，我和未曾交談的一位女孩一齊生養著各自的病痛，雖然不認識她，但從那以後，我看她總倍感親切。

在超商結帳時，我忙著掏摸錢包，便把村上春樹的《1Q84》暫時擱在櫃台上；這次，面前的男店員說了跟找零金額無關的話，而且語調很低，跟磚頭一樣硬：「為什麼妳的是精裝本？」這話若沒聽清楚，會以為他在質問我為什麼要拔他機車的火星塞。「……因為是預購版啊。」我說。

之後幾次到店中，我們不時聊個幾句，說些閒談打諢的話。

妳是中文系的。一猜就中，可是你是怎麼猜到的？不是猜的，我看過妳拿《說文解字》。什麼時候呀我自己都沒印象？（後來想想應該是半年前的事）我是鄰校的學生，跟妳同系，上學期才轉學考過來，算是剛搬到這裡。你哪裡人？宜蘭。聽起來很難回家的樣子。

宜蘭，對我而言非常陌生的名詞，因為從沒真正停留觀覽過，唯一穿越此地的印象是遊覽車窗外，灰濛濛的高壓天色和密集的濕濡細雨，以及一個抽象的餘存概念：朦朧的遠方。

慣見的超商店招，也漸漸轉變成黯淡的腔腸甬道中，有著朦朧光線的休息站，可以停泊，也能休憩，只要它存在，即便只是路經都覺得安心，並在厚重黑幕的半空之處，鑿出一個飽含光源的洞隙。

吃了遠超過處方箋規定量的鎮定劑和抗焦慮藥仍無法入眠的凌晨三點，關掉一切電子設備，腦子與房間驀地安靜下來，像當季最後一絲雪針落地的冬日曠野。

很久沒有感受到這麼異樣的寂寞，宛如某種觸手狀的意念以平緩、互相貼伏，然而隱隱有經壓抑的力道在心底潛動的感覺：不想與人見面，然而體內同時存在著與此矛盾的渴望，因此無論怎麼做，都無法使那些觸鬚完全靜止下來。

不管怎樣都失眠定了，我決定去各樓層走走。

凌晨三點，我以極緩慢的速度往下移動。每下一層，我便安安靜靜徘徊於走廊上，腳步務必放輕，不要驚動、不要驚動渴望聆聽的聲音。

這裡是典型的學生公寓，每一間都是獨立套房，隔音效果極佳，只要一關上鐵門，外面的聲音就大致隔絕，但相對地，只要一來到走廊，每一戶正在做什麼事都可以聽見個五到六成，也就是說，只要站上每一層樓的通道，房間就會自動向他人透露訊息。我知道二樓第一間房的房客養了隻鳥，可能是鸚鵡類的，也許是玄鳳；五樓最裡面的房客，不知該說更加厲害或是更為誇張，雖然次數極為稀少，但我確實聽過幾次不知是博美犬或吉娃娃的清脆吠聲，不是錯覺，但和房東聊天時，她說，這棟公寓是絕對禁止養寵物的，曾經有位女房客偷養寵物狗，被她發現後立刻勒令搬出這裡。三樓和五樓第一間的房客都吸菸，看不見的濃霧總在行經他們房門口時黏附在鼻腔裡，半分鐘後方能散去。

假裝用開飲機儲水，我在二樓的第二扇門附近停下腳步，聽見一對男女正在爭執，內容聽不真確，但吵到後來，女方似乎問了句：「你愛我嗎？」房內對話一瞬間全部停止；過了半晌，那房間傳出有點怪異的聲音，像貓叫，又像是哭聲。

我轉頭離開，直直走回自己的房間。

到了暑假，好友邀我一起去花東度假，我答應了，因為她就只是想出遠門放空沉思而已，完全不趕行程。我們一拍即合，白天從市區一路散晃到海岸，太陽下山就待在房裡睡覺，而窗外是太平洋，夜裡的黑潮綿密，穩定富節奏的浪潮一重蓋過一重，有著令人泫然欲泣的厚甜幽柔。

花東行像是預先的鍛鍊。緊接著，我與之前刻意躲避許久、將近半年沒見的家人會了面，雖然地點約在宜蘭，然而既是小聚，也是久違的家族旅行。那幾天裡，當地的陽光非常強，天空是玉石藍，一不小心就扎傷雙眼。「原來宜蘭也有這種天氣」，我如此嘀咕，但這只是自己太久沒有在太陽底下長時間活動而已，是玩笑性質的嘟囔。在入宿的地方俯瞰蘭陽平原時，我禁不住揣想那店員口中的故鄉，究竟是在眼前哪一個方向。

而他就在這假期裡無聲消失了。

原先猜想是不是暑期告假，但一個多月過去，我想，是真的離職了，然而這也是沒辦法的事，他本來就沒有特地向我道別的義務。但是，我知道我會記住這個人。

「謝謝你看見我的存在。」

未來會發生什麼事，後來想想，其實大抵上都是無法預測的；生命是窄仄的水道裡恆久陌生的湍流。可是，不管起頭和結果是否如自己所想，隨著經驗增長，我可以預見自己將愈來愈難篤定地說出「全部就是這樣」、「到此為止了」之類的語句：一切都是由過程結成，而過程取決於定義，定義取決於視角，視角則隨著無數不可知的變因，或者來到憂傷死寂的蔭谷，或者在迴流之中，發現回到曾經歷或錯失的當下，又或是在一個意外的瞬間，被劇烈而直接地濺彈到終點；然而，下一刻自己身在何方，有誰能知道呢？

一年多後，我和他在那家超商裡偶遇，這原是我連作夢都沒想到過的：我準備去澳洲。真好。妳應該會想讀博班吧。這是當然。快快讀完，然後嫁個好老公。過沒多久，那家超商就關門了，同樣的店面變成早午餐店，不過，這些都是後來的事情。

那年秋天，我在晚間十點爬上頂樓，趴在水泥護牆邊，不遠處的熟悉超商店招看來依然白熾，可是意義也留白了；我有些憂鬱。然而，在我抬起眼來往下瞭望之時，我看見眼前的景觀，竟幻化成了一座城市山海：這學區固有的少數高樓建築，在我的眼瞳中倏然拔地而起，撐住了夜闇天空裡滾滾翻湧的層雲；遠方市區低地，匯聚了橘金色、彷彿飽含生命力的不規則閃爍亮光，無法判斷它們是密集的水生動物鱗光，還是天空如行星般循著天際線軌道運轉時，有那麼一小截負載星辰的尾巴，拖降迤邐於此世的平地上；在其側邊的高速公路，光點串連成束束熔金色的流礫，循著同樣方向不斷來往淌動，彷如這都市頸項上的動靜脈，而在我微渺如蜉蝣的存在之前，它看來永遠不會屏息，並開散出無數微血管般的細小纖光，那是眾多較不起眼的小路，通往世上每一個人的去處。

我的心臟一瞬間被拉高到氣壓無限下降之處。

向來循著回房的那條巷子，此刻放眼看去，是具體而微的丘陵地與縱狹平原，交互構成人與人彼此共生的一隅，其中有塊區域，因為店家早已完全撤離，只剩工地和廢棄屋，致使此處充滿了黑暗所帶來的昏濛、不可視，陷落成一窪沼澤；我一直盯著那個區塊，心有所思。突然間，緊鄰著那處、前不久才開始裝潢的新超商裡，燈光一時全數亮起，把它自身連同四周的陰暗場所都烘映得有如白晝，店裡有待命的店員，令我非常、非常驚訝：印象中，新店落成應該都是在早上進行，伴隨著燃放鞭炮或開幕儀式等敲鑼打鼓式的自我宣告，可是，這店卻完全不挑選時間，彷彿開天闢地以來就注定將在今日出現於那個位置一樣，理直氣壯地；那店無預警開始營業後三分鐘，還沒回過神來的我，又目睹了顯然是外地人的一家四口，父母牽著孩子的手，腳步輕快暢然地走進店裡，成為這商家的第一組客人。

就在此時，我好像有點領悟了什麼。我忍不住放開嗓門大笑出聲，那是如果能不停止就永遠不會讓它停止的，宛如生出翅膀、正在飛翔那樣的笑。

我好久沒有像這樣笑過了。

這一刻，我是多麼快樂。

回歸

● - 5

我有時會這樣揣想：大多人無論活到什麼歲數，都常常不自覺回到某一段早已過去、你也心知再也不可能重拾的時光。

平常時分，這些記憶可能被現實生活覆蓋掉，而使你如果沒有被什麼事物觸發的話，就可以當作它不存在一樣，專心致志於眼下的瑣碎嘈雜；也有可能你一直都記得，但離開那段時間之後又走過了些荊棘路，被強迫注射似的攝取了許多辛酸與麻煩，而讓你自我說服：「那只不過是生活的一小部分。」又或是恥於提起這些陳年舊事來，話還沒出口就覺得是某種無病呻吟的情緒在發酵在作祟，因此甩頭揮手，又回返現實的當下，重新正視寫不出來的報告、收納不完的文件，或是面對友人一副「我剛剛說話你有沒有在聽」的質疑表情，丟出一個當機後重新整理過的微笑。

然而，那些氣味、空間感、觸手可及的陽光粒子或其他熟悉的種種，都像是以霧樣光芒的形態完好地保留下來似的，即使身在一個與那過去完全無干的地方，你就是很清楚，這不是不快的記憶或壓抑的情緒來糾纏煩擾，而是你感覺到它的同時，就不知不覺地走回了從前的那個地方。此外，你心裡還很清楚，即使短暫地感覺碰觸了，並在轉瞬間又離開，你永遠會不斷地回到那裡去，在任何一個無預警或適合耽溺的時分。

對現在的我而言，那段時光是十七歲。

● - 4

那是一個裡外都說不上自由的歲數，大多同儕都過著一樣的生活，面對差不多的壓力；雖說不至於過不下去，但也很容易覺得「太陽底下無大事」，因而易於感覺厭煩，或專心致志地與自己的內分泌搏鬥。

但我常常厭倦到過不下去。那時的我眼中的生活，是由看不見盡頭的水閘組成的，每被沖過一道閘門就覺得體內有什麼重要的東西被消磨掉，並使我感覺疲憊癱瘓。天天和家家戶戶都有的麻煩周旋，也許正是太常見了，導致沒什麼人會把關乎這種內容的抱怨當真。總之，我成了個有點麻煩的人物。

那時，我常常不知不覺在學校玩起了捉迷藏：遇到自修課或某些敗壞了很久、已經完全放棄的課程時，我會在下課時走出教室，下一堂課便不回來。有些老師一笑置之或補請假單便不追究，但有些老師（可以理解地）相當火大，發現我又從教室莫名失蹤時，便叫班級幹部在我可能出沒的地點搜尋我，但幾乎都找不著；實際上，我自己也覺得很奇怪，基於學校警衛森嚴的原因，我不可能直接離校，但我在學校裡「窩藏」的地方也不過就幾個，為什麼沒有人找得到我？這至今還是一個謎。

我其中一個藏身之所，是教師休息室。

● - 3

M的休息室中只有寥寥幾位教師，大概因為地處偏遠，平常也很少有和我同級的學生在此進出，所以我想，這是個就算逃課來此也不太容易被發現的地點，因此我和M漸漸熟起來之後，每星期只要一做完心理諮商，就索性不回教室，直接窩在他休息室談話，直到接近放學時間、該拿書包搭校車了為止。他說，他大致能了解我需要診療的心理，他年輕時也體會過，並且向我提起他一位老師，當初對他的關心使他終生感激，因此，他也願意傾聽；此後，那個辦公室便成為我暫時的庇護之所，彷彿聖母院一般。

我會和M熟稔起來，有一部分是來自於音樂，尤其是重金屬和搖滾。我在知道M會聽那些音樂後，便興沖沖地去問他一些台灣新聞不會報導的、美國樂團的大小事；之後，我開始讀英文報紙、翻譯國外樂團訪談原文，多虧如此，我半壞不好的英文程度才漸漸拉上一個水準。

我很喜歡聽M說那些在國外發生的故事，觀賞一些屬於當地的小物品，但是後者我幾乎沒有印象，可能是因為它們看起來實在很缺乏刻板印象中的異國情調。但是無可否認，隨著時間的累積，我看著M，慢慢覺得透過他可以看見一扇形而上的窗，那後面有許多我毫不熟悉、也許實際觸碰會發覺顛簸，但廣闊非常的一片天地。現在想起來，那可能就是我對於離開日常的「憧憬」。

也許正因為如此，我一而再、再而三地走進那間休息室，然後覺得可以呼吸；抬頭看看碧藍的天空，開始自然地覺得一切都值得嚮往。

世界很大，使我輾轉反側的絕望只是暫時的懸宕和強說的愁，我這麼想。

M是個老師，也是個敏感的人：他十幾歲時，一直企圖尋找宗教作為依歸，本來一度打算出家，但他發現無論什麼宗教，都似乎缺乏了一些令他「渴求」的東西，後來，在十九歲那年，他毅然停止哲學系的學業，離開家鄉出國留學；之後，他又去匈牙利、日本、墨西哥等其他國家短暫落腳過，最後回到台灣，但他說，他很少回家鄉。他曾經讓我觀賞他十七、八歲時的照片：黑白畫面透呈著陳舊的顏色，照片中央是一扇加了金屬大釘與鐵條的木門，鏡頭裡的M比現在的他看來還要瘦小些，留著齊肩的頭髮，以手掩面，坐在畫面偏左側，身體線條中充滿青春期男孩富含攻擊性與焦躁感的氣味，類似於掙扎。M告訴我，這個構圖是他自己設計的，而且現在把他的相簿攤開來，他還是覺得這張照片最能代表他當年不安、惶恐的心理狀態。「顧著和自己的心鬥爭，用手掌壓住自己的眼睛，便無法伸手打開通往出口的門。」我心裡猜測這是他想表達的，不過我擅自詮釋的部分比較多。

他說，拍下那張照片後不久，他便在家人反對之下出了國，然後在各國間自食其力地到處遷徙，不知不覺許多年就過去了。M認為，他那些年來只是漫無目的的流浪，而直到今日他也無法判別他的流浪結束了沒。

我的感覺異常複雜，當下不知道該說些什麼才好。後來，我向M借了一片他從很年輕時便聽到現在的專輯，Metallica的，但我始終聽不出什麼味道來。

● - 1

也是在那個時候，我有位同乘一班校車的同學W，她常常告訴我許多「另一個世界」的事情。因為描述的內容太過離奇，以至於連我們極少數聽她談論過這種事的朋友，大多只是敷衍一陣之後就拋忘在遙遠的另一頭；更正確地說，沒人有辦法說服自己相信她，因為許多事物都和傳統上聽過的陰間異聞相去甚遠。有可能，這一切都只是她的胡謅；也許，她說的是事實。也不能排除，她基於某些理由說服自己這樣去幻想，但是追究真假對我而言沒有意義，因為我無論哪一種「第三眼」都沒有，這輩子和下輩子也都完全不想被開。

然而，我一直記得她描述的一個情狀，不知道為什麼就是記得頗清楚。有天，她在校車上突然轉過頭來對我說：農曆七月最後一天的夜晚，在鬼門開時被放出的靈魂，大多都會回到「那一邊」去——它們在夜裡發出柔和且顏色難以詳述的流光，向著同一個方位疾行上揚，彷彿逆溯的隕星，或是急雨中行駛的車輛，那玻璃上的晶瑩水珠被往後牽引或吹散般，終至消失在一個我們看不見的後方。

我聽了不置可否，因為從來沒有其他人用這種方式形容過那個親人用自編的故事把我嚇大、使我印象中充滿「不可說」之物的農曆七月；但是，不久之後的某個雨天，我坐在自家汽車後座發愣時，想起W說的話，嘗試把車窗玻璃上飛旋的水滴聯想於此，感覺非常平靜、美麗，沒有什麼駭人的東西存在於那個當口，彷彿一切只是火花、能量，以及理當如此。

關於這個意象的一切，我決定相信，並想像我化為光芒流入夜空。

● 1

距今前一陣子，我一位十幾年不見的親戚過世了。我在告別式結束後不久來到火化現場，親眼看幾位親人儀式性地為他拾骨：他們用一雙長得出奇的筷子，夾住不鏽鋼盤上焚燒完畢的骨塊，再放入一個水綠色的大罈中；我臨時退縮不敢撿，便站在一旁遠遠凝視著這些，但除了一些看不清楚、疑似黑白夾雜的灰燼之外，什麼也沒看到。我稍後仔細看清並感到訝異的是，火葬場裡負責將骨灰裝甕的的工作人員，把骨灰一股腦地倒進水綠色罈子後，就將一個形狀類似鐵勺的東西伸入罈中猛搗。母親這時問旁邊的表哥：

「全部放進去嗎？」

「對。」

「裝得完嗎？」

「一定會太多，所以身體先放好，然後壓平，頭蓋骨那幾片就完整保留下來，最後才放上頂部。」表哥回答。

「那如果連頭蓋骨也太多呢？」

「那就只好一起壓碎了。」

我聽見鐵勺攪拌、擠碎骨灰的罈中迴響，是酥鬆剝裂的聲線，彷彿燕麥餅乾或小時候烤肉活動結束免不了要清理的、耗盡一切的衰弱白炭。

那個在我很小的時候，喜歡抱我逗著玩，並在印象中常常帶我騎機車兜風的黝黑男子，也將用那種流火似的樣貌，循著看不見的軌道回到「另一邊」去嗎？

在特定的情境下，我偶爾會祈求平時毫不想望的事物。

2

在常跑到M的休息室那段期間，有那麼一陣子，我很難控制自己的無力感和壓力量，剛好護理課本詳細解說了數種迷幻藥與毒品的效果，使我一面對那成列的藥品名稱，便油然生起一股晦暗的興奮，以及其他種種傷害性的念頭。知道我的想法後，M只是說了幾個故事。

第一個故事的主角是他朋友的朋友，吸了「天使塵」後在山上發狂裸奔三天三夜，直到被警察制伏，此後再也沒離開過療養院。另一個故事發生在他身上，地點在國外：他被自己的親友誘騙吸食某種不知名的迷幻藥，也是他這生目前唯一的一次，但那卻讓他一度以為自己要瘋了；他看見十二個自己，真正可操縱、感知的意識，很不幸地，卻是第十二個——前面有十一個半透明的自己，從最接近表象世界的第一個他開始主動運動、說話，但他卻無法控制其他十一個自己，只能被動接受從第一個、第二個、第三個……以此類推的「自我」緩緩傳遞過來的行為與知覺。M說，他完全感覺不到書籍上描述的什麼迷幻感或放鬆感，正確說來，他除了知覺分裂的無力和恐懼外，什麼都沒得到。

但有時候，瘋狂的故事又是以另外一種樣態出現：他在十六歲時，曾經趁父母出遠門時偷開他們的車，在山路上狂飆並撞上山壁，被發現時車體近乎扭曲，他自己全身骨頭也幾乎撞斷，完整無損的肋骨僅剩三根，沒有當場死亡，連他都覺得是上帝保佑。在狂踩油門的當下，M是僅僅圖個刺激，還是間中摻雜了想死的意念？在他自述中無法滿足的少年時代，而現在呢？

M的回答似乎是：「曾經只是前者，在我真正躺進醫院當木乃伊之後，我以上皆非。」

我感謝他。

● 3

我曾在M那裡見過幾位特別的訪客，其中有兩位是修士，一位法籍一位台籍，披著厚布袍的腰上，纏著荊棘狀的鐵鍊，身側的垂墜隨著他們的步伐不斷搖晃擺動著。正好在我一系列療程完結的當天，我遇見他們，而他們告訴我一個關於朝聖團的消息：下個夏天，估計全球會有約一百萬個天主教徒到德國科隆朝見教宗，而教會將贊助部分食宿，所以近一個月的歐洲行旅費可以壓低很多。當時，我非常想讀德文系，所以聽到這消息時雀躍到超過萬分。不過，後來我發現其中有幾天的行程，可能要用步行方式越過德法邊界山區；一方面害怕勞頓與苦頭，另一方面，家裡也擔心我的脊椎側彎症狀加重，便達成了取消旅行的共識。對於我的放棄，他們和M都覺得很可惜。

台籍修士非常年輕，不過二十歲左右。他告訴我，他正跟隨旁邊那位法籍修士一邊修道，一邊修習法文，平時就住在法國。我想，我當時也許是露了出了什麼神往的表情吧，他們對我談起了一些天主教義和對佛教的所見所聞；他們問我信不信天主時，我支支吾吾地說著抱歉之類的含糊句子，反而是他們露出非常溫和的微笑，說：「沒關係，信仰是自由的。」我在他們面前，反而顯得小心過頭了。

今天的我，還是時常看見那個以笨拙的姿態，懸宕在半空中的自己。

那我現在在哪裡呢？

● 4

學測日期漸漸逼近時，同學之間焦慮的氣氛像瘟疫一樣蔓延，我也同樣每天神經緊繃地核對每一張模擬考卷的答案，調查各個大學的最低錄取分數與風評排名，便愈來愈少有時間跟機會溜到M那裡去。後來，我雖然備取上當初一心想讀的德文系，但不滿意自己得到的排名，一口氣吞不下去，就選了另一間學校；還來不及想清楚什麼，我就和所有同學一樣，被誰給丟進排水孔似的，一起畢業了。

但真正令我錯愕的是，在我畢業之後不久，聽說M辭去教職，回到他的家鄉。有時候我看著M的電子信箱地址，想問候他的近況，但是隔著一個螢幕時我什麼都打不下手，一直到現在，那個信箱地址還是一串未竟的符碼，它的時效性可能還存在，也可能早已如紙灰餘燼般吹飛散落。我遷移到了離老家約半個台灣以外的地方，和它在一起，不算短的一段時間轉眼就消逝，又進入生活的另一個循環，而我還是待在原地，未曾離開。

● 5

十七歲，是我早已過去、不可重拾的時光。

現在的我，即將二十三歲，無預警地在半個月前走回了那個地方，嗅到的每一個粒子都飽含足以將我的時間感逆移的氣味；在我理想的幻象之中，我於我的過往之前蹲下，用手輕撫可能日漸零碎殘缺的回憶，讓它們自己來提示我，有什麼預兆或啟示是我從前所忽略的。

M在越過了狂躁的青年時期後，並沒有馬上停止他的飄泊，這是事實。他流浪行為的本質並不浪漫，反而可在他的語氣措辭間，嗅到隻身在外地的無奈和孤寂，而那是如何的抗力或驅力，使他十幾年來都走在一條偏離家庭、逃避親人的道路上？那個時候，他是真正歸鄉還是又離開到另一處去，我不得而知，但我想，他在啟程的那個年紀，也許感受到了什麼他真正無法忍受的，因而遁去，又或許到現在仍然想望著什麼，所以盤桓在許多地點之間，遲遲不歸。

人到了那個年歲，還懂得「憧憬」嗎？

有一件事，我到現在都懷有無可言說的深信：如果人一生有終歸的道程，則那裡的一切，都將在應然的時分閃現在生活的剪影中，使我們長年牽掛，並為其感激落淚。

巢居

住進這斗室已滿三年了，我沒有搬離的慾望。

它，是我赴中部讀大學以來第一個租賃的房間，收費不貴，不過空間極有限。我行李多，酷嗜買書藏書，收納能力卻很差，以致雜物書報每每在房中堆成一片或高或伏、時掀濤騰的骨牌之海，即使為此買了三個足以塞入七歲孩童的半透明塑膠置物箱，加上一套母親特地從老家帶過來、親手替我組裝好的實心木製三層書架，我家在偶爾大掃除之後的那陣子外，還是總保持著物與物互相推擠的狀態。最近一次發狠將家中所有物件倒出並重新歸納，已經是半年前的事情了。近來，加倍購入的各類書籍與期刊論文，不知不覺間像難以刷除的藤壺般爬滿床沿，時間一久，更成為無法連根拔起的鐘乳石筍，所幸尚有床腳一隅能自由出入，不至於陷入王衍之於阿堵物的困境。我，又似百年來始終垂頭歛目的雕像，俯瞰二次世界大戰甫結束時的德勒斯登，任憑日子一天一天過去，始終沒有善後復興的動力。

我稱呼這房間為「家」，原先的家則改口稱為「老家」。

我家很小很小。我不知道如何計算坪數，但能這樣說：自從買了個茶几來放包包、書本與雜物後又更小了，幾乎擋住了通往暗紅色鋼門的房內阨口，只剩下一條羊腸般的通道供我穿越。我從不邀請任何親友來我家，甚至不讓他們稍作停留，理由是太過狹窄，無法讓兩個成人同時在房裡站立；從搬入此地開始，來過我家的友人只有兩位，她們都用身體印證了這說詞的真實性，其中一位還對我的身手感到佩服：「我隨便走走就碰倒一大堆東西，妳為什麼能暢行無阻？妳的真面目是魚或蛇嗎？」我想，這單純只是已經習慣了的緣故。

我想起青春期之前的家居生活。上中學之前，我們全家遷徙的累積次數數不清，換過的住所更是難以計數；我們跟著父親不斷行走，彷彿寄居蟹背上碩大但不可離棄的殼，住過的房間也如螺貝一樣狹窄，有時甚至沒有大門門鎖。在購屋並拆分房間之前的時光裡，父母每晚都將兩個小孩夾在中間，或一人領走一個小孩，分床各自度夜，又或是如多數情況下與母親同睡；即使如此，即便許多相關的記憶已模糊不清，印象中那光線依舊充足，觸摸起來仍然平滑、溫暖。

但，世上沒有一件事是永遠不變的。

●

有些人建議我搬家，包括母親，但我沒照做，因為空間問題是拒絕他人投宿作客的絕佳理由。我甚至很少讓他人知曉我的住所位置。有個認識甚久的男孩，聽了我房間的狀況之後對我說：「像妳這樣，交男朋友的話會很不方便喔。」我笑笑，立即回答：「再說吧。」

真話是這樣的：我對他人進入我的私生活空間這事極為排斥，沒有人倖免；母親在我剛搬入時送來了一個瑜珈墊，理由是：「這樣一來，我就可以偶爾去妳家拜訪過夜了。」我收下墊子暫時答應，後來還是一再拒絕了這要求，理由是：我發現所剩的空間連這墊子也不足以鋪開。母親不死心：「那我睡床上，妳睡地板，一個晚上不會死人的。」我捺著性子，但口氣確實不好，這點我頗有自覺：「妳知道嗎？那空間小到我如果要躺地板，手腳就得縮成胎兒形狀一整夜，早上起來一定會抽筋。」我順利將問題否決、壓制回原點，只不過在書桌前打電腦時一轉頭，就會看見那卷從未拆封的瑜珈墊矗立角落，活像一口朝天的M1式加農砲管，那是被我輕忽的種種承諾。

這次我答應母親，不久後我會回老家住幾天，到時再一起出去玩，而且這張支票一定兌現。每逢過節與假期時光，我皆會擇幾日回老家暫住，這之於母親是必要的，對我來說也是。

●

一個人的房間，無論是清爽或髒亂，是充滿人工甜味的糖果珠簾加Hello Kitty玩偶，還是清爽無味的蘅蕪雪洞，一切景觀總之和那房間主人的性格脫不了勾，示現於其中的，通常就是那人當下的心理狀態與精神需求；觀察特定對象的起居空間，與翻閱那個人製造出的垃圾，這兩者我想大致雷同。

有一個房間，我想我這輩子都不會忘記它，那是我老友的租屋處：那房中所有物品全從櫃中與抽屜裡被掏出，滿滿灑在地板與床褥上，因此每次下腳都要當心，免得被什麼扎傷了或絆倒，與其說像空襲現場，還不如說是中亞地雷區；借廁所時，我開燈一看，心中滿是啞然和為難，光從心理層面上就無法跨越一地數量龐大、種類混雜的各式器物來到馬桶前方，更不曉得地板上是否有剃刀片，只好作罷。「我以前都太好說話了，也不知道要防人，別人借宿的要求，只要我在家的話幾乎都答應的；現在，讓房間一直保持這種狀況，我就可以輕易拒絕任何人進入我的房間……」一起坐在勉強清出空位來的床緣，她緩緩開口說起了數月之前收留熟識的男性友人入宿，卻差點被性侵得逞的慘劇。另一位朋友獨居，卻找了個家具少而小，唯獨地板非常寬闊的套房，每逢假期或節慶就力邀三五好友來她家吃火鍋、看電影與同宿；最高紀錄中，一晚曾同時有七人進據她的地板。她是這樣對我說的：「只有自己一個人的時候，許多討厭的、不願回想的記憶總不由自主浮上來，我會怕。」

●

鳥以樹枝或吸管築巢，我以資訊和木片疊成堡壘；雖然擁擠，但內中沒有的獨獨是不滿。我喜愛狹小陰涼、位於高樓或隱蔽之處的窄房；住進我家的頭兩年，我倚賴空調與燈管度日，只因我一年四季都將窗簾拉上，更是鮮少開窗，與母親正好相反。

老家的主臥室是通鋪，那是全家最寬敞舒適的一間房，有平整的木製架高地板與占了一整面牆的大窗，在改建之初就照母親的意思去設計與分配採光，是母親最鍾愛的房間；她說，這個房間讓她覺得暢行無阻，睡覺時可以自由地滿室滾來滾去，只消伸出手來，就能順利拿到想要的任何東西，而且天一亮就可以看見明晃晃的陽光。母親曾說，她剛與父親結婚時，兩人一起住在深山的公家和式宿舍裡，那糊滿慘白紙門的陰暗空間太過駭人，所以今日她既然擁有了自己的房間，那她說要有光，就一定要有光。

在主臥室，我和母親兩人同睡了好多年，睡前偶爾聊聊天，不知不覺間就一起沉沉睡去；但，世上沒有一件事是永遠不變的。自青春期開始，和她同眠這件事的痛苦漸漸如漲潮般湧起。一次睡前的爭執，母親在盛怒中提起我「妨母」的命格，以及本應被墮被棄，是她出手挽留我才得以在此的往事，並不知罷休地說起了親人之間緣起緣滅、無須強留的一大套論述，宛如琢磨多時，終能一氣送出的演講稿。

中學那幾年，是我截至目前的人生中最不願回想的時光：因數理科目太差，名次始終要低不高，也不知道如何與同儕相處，並因無來由的嗜睡，成為校內著名的笑柄。在那些時日裡，母親常說起她多喜歡她朋友的女兒，對我描述她的貼心、開朗與嘴甜，在校又是多麼活躍、用功、多才多藝，與青春期後變得彆扭、不苟言笑的我完全不同，要我多學著點，因為這些優點我都沒有，且令人看了就氣悶、不悅；一開始我強忍著，但隨著時間與累積終究還是爆發。我反唇相譏：「那麼喜歡她的話就去當她媽啊！」母親一派輕鬆地格擋並反彈回來：「可以的話我也想啊，只是就算我拿妳去跟她媽媽換，人家還不要妳。」那天睡前，又說起了她多像太陽底下的一朵向日葵，如此挺傲美麗、自然可喜。

我知道母親在期待哪一種後續效應，但她的做法徒然使我生起對那女孩的憎恨，並進而懷疑起至親所謂的「為妳好」這話背後，有多少是以矯正為名行使的洩憤與嗜虐心之滿足。常常是這樣的：一開始，很多指責背後都有著正當的理由，或者良善的心態，但當它變成一種慣性行為後，有時就會慢慢質變，成為被指責者的存在價值。

又或者，其實她一直以來都是這樣看我的？她在外月經過多宛如血崩，造成一幅事故現場般的景象，進家門之後的第一句話就是：「是妳詛咒我的對不對？妳其實很希望我死掉吧？妳就是這種人，心態陰暗又惡毒。」無論我怎樣試圖解釋，她一個字都聽不進去。

●

還記得某個年節假期，母親強拉著我參加一場燈籠彩繪活動。母親手藝極巧，美術造詣頗高，拿起筆來迅速畫出數朵清爽亮麗的向日葵，並告訴我：想畫什麼就畫什麼，若沒主意的話，照她的圖描上就好。我完全不諳繪畫，也對幾乎沒有這方面的天分可言一事有所自覺；參考母親與旁人的作品塗描幾筆，只覺粗不可耐，直想把手上的東西完全作廢，索性放膽大筆塗來，從心所欲而離開規矩：抓起粗水彩筆，我在白宣紙上漆下數個色條，顏色非深紫、磚紅即寶藍等，並在隨意潑點顏料後，畫上一個打橫的墨綠色人影，至少，還可以向他人解釋這是個後現代塗鴉，向波洛克作不像樣致敬之物，反正現場大概也沒人知道他是誰。

有幾人問起這些圖像的涵義，我一律打諢式地回覆：「你就當成看不懂的信手亂畫，覺得是什麼大概就是了。」母親坐在一旁，臉色是鐵青的。到家後甫進客廳，母親便斥罵我方才所繪的景象是「骯髒河川中的一具浮屍」，並將我手中的燈籠搶過來，撕成一條條碎片，半分鐘後即將其化成一個癱扁的鐵絲籠與成堆髒汙紙屑。母親將它丟在我面前，要我等垃圾車來了之後自己提出去扔掉，不准留在家中，以免觸霉頭。

我蹲在地上，看了看被壓爛的鐵籠子，再撫摸因揉成一團而顏料交融、混為黑色的宣紙，覺得這像是一個被踩扁並嘔吐了的蛋。我沒告訴母親，那些圖案，其實是我自青春期開始後一直盤桓在腦子裡的景象，而我之所以自滿，是因為今日終於把它描繪成形了。母親說的可能沒錯，那或許是個死胎也說不定。

我對自己還有辦法蹲在那裡一事感到嫌惡起來。

十六歲那年，我作了一個夢：家中客廳擺了張從未見過的黑白相片，已微微泛黃；拿起一看，畫面中央是一位梳著兩條辮子的女學生，穿著像是二十世紀四、五〇年代左右的中學制服，白上衣配及膝黑百褶裙，站在火車甫離站那瞬間的月台，照片左側仍能看見火車末節的一截影子。

這照片令我相當不適。女學生的雙眼直直瞪視正前方，像是盯著我，又像是用懷有無限恨意與惡意的眼神瞪出相片外的世界；她身體是半透明的，只有臉部特別清晰——那是張靈異相片。我忍住不安，細細端詳她的臉：五官清晰且端正，但除此之外的部位，額頭、臉頰、下巴，全給劈爛了，感覺上是柴刀等大型冷凶器造成的，然而為什麼可以砍成那樣卻依然保留了雙眼與唇，令人疑惑，並形成了雖體無完膚，表情卻因此更加分明的臉龐。

此時，我身旁的空氣變異成詭譎但無法形容顏色的塊狀物，發出古怪而低沉的滋滋聲，彷彿有布滿黏液的無數物體正滑動著的聲音，每一條都在等待我回頭的剎那。在這樣的異象中，我完全失去冷靜，尖聲叫喚著家人，卻沒有一人聽見：我已被隔離在他們的空間之外。在這裡，所有的無形之物都成為了具體，背後正忍住低笑的怪異生體，與我一同被來自口腔那嘶啞、層層疊高、自動竄出的尖叫聲包覆起來，幾秒內便將我們披蓋團圍，成為一囊黝極深黑的軟膜巢窩。

我彷彿溺者般撲然而醒。看看四周，主臥室的牆仍是潔白的，映出不知反射何物而形成的粼粼白光，有水一樣的波紋；摸了摸自己的頭髮與睡袍，它們正滴著豐沛的冷汗，像剛被打撈出泳池一樣。一旁的母親依然熟睡，無知無覺。剛剛的一切，都在靜默中發生與完成，除了我自己之外，沒有驚擾到任何人，一如尋常的夜晚。

●

我向母親提出要求：「我要有自己的房間。」

母親對此很不高興，反覆推拒著：「主臥室這麼大，有什麼不好？兩個人睡妳也嫌太擠？」、「不行，這樣我就不知道妳在做什麼，妳會偷看課外書、不睡覺。」當時，我記得好像是以哥哥已赴外地上大學又甚少回來，房間空著也是空著，或是他有的東西我也要、他功課較好所以那房間一定較吉利等迷信理由為盾，執意要他獨立在頂樓的臥房兼書房。母親常說，哥哥擁有的事物，我很少有不眼紅執取或立意仿習者，自小如此，所以大概正因為使用了這方面的說詞，讓她覺得減少兄妹之間的矛盾總比增加好，她順我的意了。

此後，我算是有了自己的房間，只不過每逢哥哥回家或有客人借宿時，我就必須在書房、父親的小房間或母親的主臥室之間輾轉流浪。我較偏好父親位於後陽台邊的小房，雖然夏季頗悶熱且沒冷氣，也只有他值夜班或外出時我才能暫住，但總比不能上鎖的書房好得多——為了可以隨時督察我的讀書情況，母親早把它的門板拆下來了。回到主臥室去，又是另一個難題。

也許母親並不喜歡一個人睡。在她要求之下，我曾回主臥室與她同眠過幾晚，但沒人睡得好，隔天起床時，總發現兩人都掛了黑眼圈：母親非常淺眠，而我算是失眠者，分房睡了一段時日後，彼此睡性的差距又更大了。母親嫌我翻身的聲音很吵，若將她驚醒，我隔天必然捱罵，但過了一陣子又將我們睡性已然不合的事實全忘光，所以日後即使母親再提議同房，甚至撒嬌說「我想黏著妳」時，我一概以睡眠品質為由堅拒到底；有時我感覺得出來，她身上溢出了沮喪與失望的氣息，那是發現自己被希望能受擁抱的人排斥了，不知如何是好的特有味道，我很熟悉，因此敏感，但我從來都假裝沒發現，或者保持沉默，並轉移話題。

我問過母親，何不和父親一起睡呢？讓他帶被子到主臥室來就好了。她的回答是：「和他在一起根本睡不著，算了吧。」並撇過頭去。

●

和母親分房的第一天晚上，我在將眠未眠、意識模糊間，感覺到有人進了我的新房；我閉上眼睛裝睡，從微開的眼縫中窺視一個細瘦略小的身形，知道那人是母親。她坐在床前看了我約一分鐘，撫了撫我的髮，為我蓋好被子，動作很輕，安靜而溫柔；那一剎那，我覺得自己像個被呵護、被全心關愛著的嬰兒。母親很快地離開了我的房間，她出去後不久，我坐起身來，心情莫名激動，名目卻不可知。

自那晚起，我選擇開始培養睡前鎖門的習慣，終於成為今日的固習。

母親剛與父親結婚時，極端痛恨夜晚的到來。她的家除了自己之外，誰也不在，那裡之於她是個陌生之地，沒有親友，唯一能做的就是夜夜等待晚歸父親的醉意；山林中的公家宿舍夜間照明極差，無論何物投射在紙門上，皆如鬼影幢幢，時時驚嚇到單獨在家的母親，而大門之外，淨是世界盡頭般的黑暗與荒涼。時日一久，她甚至有了人生即將終結在此的錯覺，又或者猜測自己已然為鬼為魂，只因無人發現她的殞命，才流連在陽間；結束母親的孤獨與狂想，讓她重新感覺仍活在世上，乃至於日後堅強起來轄理整個家的，是她的孩子。

二十年前，她掙脫了被紙門包圍的小房間，今日也要來撕開我的，但這不是我所需要的，並不是。今後，母親又是一個人睡了，然而對此，我無能為力。

●

世上沒有一件事是永遠不變的，沒人有權拒絕了解這件事，即使關乎天倫。這與體諒及其他種種無關，更與愛無涉——它依然完好地存在著，只不過總在漫長的時間推移或不知不覺的變化中，再也無法返回原來的樣貌。也許，這當中確實存在著是非問題，但在關係中，它們的質與量都太渺小，且在我們此時仍無法妥協的某些場域裡，平白勾出線藻般的疼痛；此時此刻，我們唯一能做的，就是試圖了解對方，理解已成事實的距離，並探曉當下時空中，我們在不傷害自己的前提下，可為對方做的所有一切。

不知道有沒有這一天但也許有這可能，我將心甘情願地清空自己的家，讓它看來爽潔暢通，足以待客入住，我也清楚知道，即使我再眷戀這個家，過不了多久還是必須離開，雖然不是現在，但終將發生，無可避免。

今日的老家書房，已經是我回去時固定的睡處了，門板在許久以前就裝設回去，並安放了一條甚為寬大的高級木床。我仍記得數年前返回老家時見著那床的驚愕，以及對母親的提問：「那床真的要給我嗎？不好吧？」母親邊鋪床邊說：「妳要講『讓我睡太可惜了』這樣的話嗎？」我訥訥地點點頭，母親笑了。上次回老家，我在那大床底下滾來滾去後睡著，這景況不小心給母親發現到；她一面罵醒我，一面丟來一張毯子，叫我不准著涼，便走出我的睡房。

那是我記憶中的第一次，她離開時，主動將我的喇叭鎖按上。

睡眠迴路之鬼

自十六歲那年起，我成了個無法關燈睡覺的人。

一切的肇因，不過是長得很像加菲貓的地科老師不好好教書，在課堂上放了一部外太空題材恐怖片，叫《撕裂地平線》，往後十多年，即使電影中的情節與影像漸漸淡出我的記憶，仍不斷以被硬物擊打然未碎散的玻璃之裂紋——擴散成網狀而無法修復的、既算完整但也可說是崩潰的尷尬狀態——那中心點的地位一般，長年撕裂著我的睡眠。

我看完那部恐怖電影後一個禮拜，先是作了兩天的惡夢，接著，只要關上燈，黑暗的空間就自動成為屏幕，重複播放劇中在太空艙裡猙獰飄浮的冷凍剝皮屍體，以及發狂角色自挖眼球後血淋淋卻依然可以瞪著人看的空眼眶，還有手術刀、內臟與活人生剖。

即使神經如此緊繃且睡不好，依然還是要每天上學讀書的，再說都是中學生了，告訴別人「我看了恐怖片所以好害怕，一直睡不著」，八成會被嘲笑且不被認真理睬，頂多丟下一句好好用的居家常備萬用金句：「別想太多，過幾天就沒事了。」效果跟拿黑人牙膏抹燙傷一樣好，所以我總得想辦法自救，讓自己安心且快速地睡著。

兩天後，不作惡夢了，但屏幕沒有消失的跡象，於是，我開始在入夜後莫名恐慌，覺得黑夜的窗櫺之外格外可怖。臨睡前，我一如往常把電燈關起來，喀嚓，室內歸於暗闇的那一瞬間，直覺分外異常，今日怎會如此死幽、寂靜，彷彿墜入沒有底的無光深谷，連實存的肉體都被融化吸收？

一秒鐘後，我腦子裡的紛紛噪音衝湧而出，像是打破一面鼓膜，而從前被緊鎖在小盒子裡，然後被給神故意擺了一道的潘朵拉放出來的七災八難，全從這個使其自身作廢的鼓之洞中噴了出來；它們往天空四處飛散時，可以想見大概夾纏著狂風與魔鬼瘋吵的聲響。這就是此刻我腦子裡的東西。

不敢呼吸，三秒內，手指壓上日光燈按鍵，將它扳回原先位置，腦子又驀地安靜下來，身體有大難歸來的實感：心跳很快，皮膚的冰涼有冷汗的預感，不自然的軀體僵硬逐漸放鬆，但因此可以充分感受到肌肉的軟化。我連身體也害怕著，反射性地開啟求生模式。

我想活，故我開燈睡。

然而家人沒那麼好說話，我是說，母親。她一向比我早睡，而我臥房又單獨設在頂樓，所以她幾個月後才發現我開燈睡覺一事。母親先是半夜上廁所或睡不著時，只要想到就上來巡房一回，只要……不，是每次都必然發現地上門縫的顏色是光燦亮黃的，再來，就是不停敲門，敲到我醒來，睡眼惺忪地開門，之後被訓斥一頓，非要我在她面前把燈關了才肯下樓回房間；我會保持隨時都能發動攻擊的高度警戒狀態，在黑暗中靠近牆角，盡量把體積縮小、聽覺擴張，估計過了約一分鐘後，立刻重開大燈，平安喜樂地回去睡覺。

我的睡眠安穩度和大燈的通電狀況呈現完美的一致性，八十燭光的大日光燈就是我的大日如來。佛光一出，妖魔退散。

但我的家人真的沒那麼好說話。她很快就從早上叫我起床上學時，門縫裡流出的光源顏色與戶外光線的色差，判斷出我依然開著大燈睡覺的事實。在每個夜裡，周而復始的「鬼抓人」開始了。

我關日光燈按鍵的「啪」一聲，在周圍地段極其安靜的小鎮家中，只要刻意留心，即使相隔一樓，尖豎著耳朵的母親依然可以聽見，此時就會上樓把我揪出房間，逼迫我熄燈；或者，母親知道我會估算她何時遠離我的臥房，便刻意不出聲響地在我房門旁多站幾分鐘，逮到我重開燈的那一剎那，便再敲我房門，壓低嗓子而更加暴躁火性地罵：「妳又開燈了。妳到底要不要睡啊！」此時，我就認命地把燈再熄滅一次，同樣蜷縮在門邊的角落，聽母親的腳步聲，判斷她是否已確實下樓、回房並關了門……。聽不見也無妨，我可以等五分鐘、七分鐘，等到我篤定情況真正安全了為止。

然後，我會再次把燈打開，回床上睡覺。

母親給了我一把配用昏黃色白熱燈泡的台燈，告訴我：這是她可以忍受我開燈睡覺的光度底線。我試用過一次，覺得滿室鬼影幢幢，我發現用這種物器當夜燈的特色就是：明亮之處愈是鵝黃可愛，黝暗之地便愈深沉且宛如擁有生機，甚至在我的視線內漸漸扭曲移位，有時黑火，偶爾人形，是傀儡戲中的地獄變……。只能果斷放棄。

很多人，尤其是成人，認為這種小事只要習慣或經過訓練，很快就會沒問題的。如果可以這麼順利的話就好了。

國小時，我們全家都住在警察宿舍裡，一樓是警局、辦公室、槍彈器械庫、泡茶間，以及廚房兼飯廳，要回到二樓宿舍，也就是當時我們習稱的「家裡」，就要打開一扇木門，穿越一間廁所，直上一條燈光蒼白陰慘且不時跳動的樓梯，來到一個T字形的狹窄鐵皮走廊，分別通往兩間雅房：向右走，可以通到「家裡」，往左彎，則屬其他警察休憩的共用空間，平日嚴格禁止我們這些小孩接近。

問題就在那個T字形廊道，它實在太長了，而這條走廊的照明開關分為兩個部分，往右走到盡頭，才能碰到右側部分走廊的開關，左側亦然，而我是不能靠近左側去開燈的；就算能，也沒辦法，因為我根本不敢穿越長長的黑暗去摸索那個神祕的、救命的，卻死也碰不到的那些日光燈按鍵。我只能祈禱今天住那邊的叔叔們或工友，當天傍晚記得開燈或忘了關燈。

父母時常在吃晚餐時，叫我或哥哥上樓拿東西，通常是電話之類的；如果是叫我們一齊去找東西，我和哥哥便如同兩個小沙彌一般，南無阿彌陀佛南無阿彌陀佛……不斷反覆誦唸；逼近門廊時，先由一個人打前鋒，往左探頭並向後通報：「那邊沒有東西，好了。」再兩人一鼓作氣越過門檻！奔過廊道！衝向無限光明的家裡！如果那天右側走廊沒開燈再順手按一下。

然而有時候，我與哥哥趴在門框上探頭探腦十分鐘還過不去。「妳覺得那裡有東西嗎……」「我看不清楚，好像有又好像沒有……」樓下連聲催喊。「媽媽在叫了怎麼辦？」「用跑的，跑快一點讓它追不到。」那個「它」是指什麼，我們自己也不太清楚。

這樣的狀況，便總是以兩個小孩尖聲怪叫夾雜佛號，連滾帶爬地摔進自己家裡作結。

我們都很害怕，所以我知道害怕是正常的。

但，如果只有我一個人被指派，那很有可能二十分鐘過了，樓下的人都還拿不到東西，因為我會站在門廊前發抖，說什麼也不敢跨過去。一開始，我會拗著母親，讓她站在樓梯間，像閻惜姣給張文遠叫魂一樣，我叫一聲，她應一聲，但不是〈活捉〉，也非〈情勾〉，惜姣呼喚三郎，以白絹牽纏他，是要勒著苟活的愛人下黃泉，我們則是顛倒過來，讓我確認自己與陽世之間有著一條活絡流動的線，即使在探入幽冥般混沌的境地之時，還有那一呼一和可以拖住我，令我不被地獄攫走而循著這路徑歸來——

從迴路的任意一點開始，順著迴路路徑移動，必定會再回到那個點上，而在移動過程之中，無論哪個點都只會經過一次，直到跑完所有路徑，並重新開始新一輪的循環。最簡單、基本的迴路定義，像是我開燈睡覺以來的每一夜。

母親大概是煩膩了這種遊戲，她選擇最簡便、有效的辦法：直接用一樓的電源總開關，切斷三樓所有電力供給。

那晚，我躺在床上，本來已算睡著或將要睡去，大燈一熄，我便立刻驚醒，但發現伸手不見五指，也動彈不得，內心發出只迴響在最惡、最沉的壞夢裡的尖叫，逐漸適應暗室的雙眼，一點一點地看出面前數團朝鼻尖逼近的魍魎。

稍微長大一點以後，哥哥就不怕黑了，跟其他成人同聲說出「陰影之中什麼都不存在」，母親也如此要求著我。在警察宿舍裡，對此事不再耐煩的家人，叫我上樓拿電話時也不再樂意相陪，而我始終是攀在門框邊，看著左方的黑暗盡頭，那裡真的有一塊白色的影子，只露出上半身，姿勢和我一模一樣，而且是成人骷髏般的身形，還有，他瞇著眼、咧開嘴，扭曲地在笑。

我看到了。他在那裡！你們都看不到嗎？為什麼！為什麼你們都看不到呢？救命！救命……，我進退不得地被卡死在樓層之間，腦中漸漸發出白光。

在被母親完全斷電、化為異空間的臥房裡，我猜，或許，不到一分鐘我就沒了意識，直到天亮。

電路學是這樣說的：電勢不同的兩點，在迴路中以不正確的方式碰撞會形成短路，此時電流強度極大，安全設備便會自動跳電，藉以保障設備安全，避免損壞、燃燒或爆炸。

這樣的入眠方式對我而言太凶殘了，如此過了數日，我再也受不了，就在母親出外辦事，留我單獨看家的午後，拿起一包母親製作手工花藝術品用的南寶樹脂，打開電源總開關上那水藍色老式雙扇木頭拉門，將包括三樓在內的所有電源，由「OFF」扳到「ON」後，便細細地、像是製作精工木雕那樣，把木門和木框之間所有的隙縫都灌進白色樹脂，而且為了不被太快發現，特別注重薄、勻、密這三點——如果溢出太多膠，以母親的眼尖，很快就會發現不對勁，而乾燥時間如果不夠的話，這種黏合法是非常脆弱且容易破壞的，至少得拖到這個半夜才妥當，同時，假若有任何一塊縫隙，是可以給扁頭螺絲起子等鐵器插撬進去的話，這個行動就會功虧一簣。

當天的我睡得格外甜美，是貨真價實的一覺到天亮。

那時候，我為什麼沒有被懲罰呢？有可能，母親也被我的意志驚嚇或驚笑到了吧，曾經有個同學告訴我：如果你做了一件事，料定自己絕對會面對家長的嚴懲或火山爆發，然而卻沒有，他們對你的態度一如往常，那八成是你讓他們吃驚，甚至是嚇到他們了。我在母親和她朋友的電話對談中，聽到她說我糊的木板非常堅固，連她用各種工具去掰、去扯都文風不動，或許我有遺傳到她一些木工方面的天分也說不定。

過了好一陣子，我還聽說，家裡需要電線健檢時，母親不得已之下請人把那兩扇門撬開，整整弄了一個小時，而那位師傅一邊撬門，一邊抱怨這麼費時間他都不曉得可以跑幾家，順便問母親有沒有興趣送我去他那裡做水泥學徒，因為這灌漿技術實在太優秀了。

那一天，省吃儉用的母親特地多花一千塊，請師傅在我房間加了新裝置，我就可以像使用冷氣一樣，用遙控器定時控制我的大燈，讓我的燈在我沉沉睡去許久以後，才放下黑夜中的麥田守望，隨著我的知覺，安然熄滅。

黑暗之心，常在繭縛。燈具放光的那一剎那，所有的未知與恐怖都像古老電影院的布幕一樣被解下，雖然播放機卡噔卡噔的規律聲響依舊運行著，讓你知道那並未消失，始終存在，但至少不被看見，至少，在這一刻。

外居多年的今日，母親依然時常打電話來好言相勸，並送我瓦數和色溫精挑細選過的小夜燈：「睡覺還是要關燈啦，新聞報導說，睡眠時如果周圍有亮光，褪黑激素會無法分泌，對身體很不好，會影響身體的修復，容易得癌症，還會讓妳老化得很快……」「沒關係啦，我現在都白天睡覺。」「……妳是不要肝了嗎？」

不管你擁有什麼樣的真理都無法治癒恐懼，不管什麼樣的真理、什麼樣的誠實、什麼樣的堅強、什麼樣的溫柔，都無法治療那恐懼，跟失去所愛的哀傷一樣。我挾持村上春樹的小說名句如是說。

所以，我們並不孤獨

半年多前，母親告訴我：我小時候的家教老師自殺了。

母親一開始是對我說老師「得了急病」。然而，當我追問那位老師得了什麼病、多久以前過世之類的事時，她卻裝作什麼都沒聽見，眼神彷彿被焊接在電視螢幕上，整個人僵硬的樣子讓我聯想到羅丹的青銅人像。等了半天，她才勉強吐出一句：「誰知道？」

母親那時透出的，是某種混雜了害怕、不安，和為了抵禦這些情感而生的逞強表相。母親說了一個連她自己都感到破綻百出也不知道怎麼圓的謊。結果是，母親還是忍不住嘔出她在外聽來的「實情」，之後還沒忘了補上一句：「妳那個老師狠心丟下了自己的家人，他一定會下地獄。」

不久之後，我試著向其他朋友傾吐這件事，他們也大都侃侃而談。事後統計分類回收項目，我歸納出了：少許譴責、一些勸導和大量冷漠。很多時候，冷漠並不是毫不關心的姿態，而是隱喻於「無論如何都尊重別人決定」的態度之中，也可以只是隨口的道德批判，或許說穿了，只是不想了解他人而已。嘗試向別人言說這件事，漸漸地，連我自己也感到彆扭、話語難以完整出口，和當初母親對此表現出的態度，我想，是有幾分像的。

從前跟著老師學英文的時候，我家客廳牆壁上掛了一副白板，廳室中央則擺放一條補習班慣用的木面長鐵桌，充當我和其他同學共用的教室，也就是說，無論我們課程進行如何，老是窩在後方廚房看電視的母親都可以聽得一清二楚。老師是中日混血兒，有點狐狸味道的瞇瞇眼看起來總是在笑，不知道是不是總是穿著正式的關係，感覺上挺成熟，但母親老說他看來就像是個愛開玩笑的大男孩。這觀感分歧的癥結應該是在於彼此的年齡，我猜。

老師從一開始就告訴我們，他不喜歡對別人擺出權威的態度，而他覺得對待學生最好的方式，就是把對方當朋友，能讓彼此覺得輕鬆舒服是最好，所以，有時大家英文課上煩了，就會起鬨要老師教我們五十音，並且在老師開始自豪地示範他自稱「沒看過幾個人寫得比他好」的平假名時，努力吹捧老師，巴望老師把當天的英文課變成日文課，然後就會看到老師笑得有點困窘、好像怕被母親誤認為是在混鐘點的表情；只不過到後來，學五十音漸漸變成了課餘時間的節目或獎賞。

太習慣嘻笑怒罵了，小孩子就很容易忘記節制為何物。有一次，我在準備出國旅遊的前一天，在課堂上對老師開了一個記得似乎和錢有關的玩笑，但母親當晚卻怒氣沖沖地對我說，老師對這句話感到非常難過，還問母親說他能不能不要再繼續教下去了。我試圖打電話去向老師道歉，但沒人接；隔天，我即使人到了日本還是惴惴不安，好像只要一轉頭就會看見老師一樣，只有在坐巴士時最能感到安心，就這樣抱著無望的逃避心情走完七天六夜的旅程。當時，愧疚和怕被責怪的心情壓倒性地占了我思緒的大部分，但回歸課堂以後老師也一直沒有再提，我也佯裝什麼都沒發生過。

過了大約半年多後，又發生了一件事：老師上課上到一半，突然開始不絕說起相愛之人不能相守的悲傷，還有他以前的許多故事；當時我和同學只能愣愣地聽著，連小小咳嗽一聲都覺得極度不安，到後來我甚至覺得心悸幾乎要發作。

不久後，我試著將這些事串連著一併想起，心裡第一次真正浮現出，不論什麼樣的人都有自己的痛苦之處，這樣的感覺。

我以前查過許多自殺方法，常常對其中的可行性與評估書寫感到興致盎然，雖然並沒想要拿這些資料來計畫什麼，但總是會令不巧發現的人驚愕或不安。還記得有一次我在圖書館閱覽網路版的《完全自殺手冊》時，附近一位同學發現了我看的是什麼，就驚呼一聲，然後用一種異樣的眼神打量了我好一會兒。

然而，先不提真正的痛不欲生，就算是客觀而言並沒有遇到什麼巨變或極大痛苦的人，還是可能一邊活著一邊感受到排山倒海的無力、疲倦、毫無價值；針對「活著」來說，無論普世價值觀還是宗教，它們所提供的，我看到的只有漠視個人痛苦、不停使用恐懼與威脅的方式要人不計意願或好壞，都必須但求存活的鄉愿；那麼對個人而言，活著本身能帶來的快慰到底有什麼？

在這個世界，看來似乎只要能夠放棄宗教信仰、個人眷戀或情感羈絆，就沒有人能告訴其他人另外非活著不可的理由。

在某部電影裡有個角色說過：「能真正理解死亡的人並不多。大多數的人都是靠著無知和習慣忍受死亡，也就是說，人是因為不得不死才死。」如果這句話也有其正確性，和之前那些綜合起來可能就意味著：人是仰賴無自覺而生、而死，然而真正希望自我消滅的思想，和渴望永生一樣，都只是屬於少數人的瘋狂與痴顛。

但，與我交心的朋友中，沒有一個是完全沒想過自殺或其他自毀舉動的。我自己也一樣。

在中學時代，我曾有這麼一個時期：維持莫名地厭惡自己也厭惡他人的情緒很長一段時間後，我變得焦躁不安，看到任何人事物，都覺得底下一定包裹著重重的敵意和嘲諷，會在我不注意的時刻爆現開來，化成對準我的冷箭；原本在上課時間就常昏睡，那時不由自主地睡得更兇了，從踏上校車時開始發作，有時可以維持到放學時間才漸漸甦醒。

既不聽課也不主動與人交談，我在自身的周圍設下了一道道拒馬，只要誰靠近就能感覺到我的防衛與怒意。回到家中，我也不再苦纏著當時拒絕和我對話的母親強討聆聽，而是安靜地在飯後回到房間，把壓抑了一整天的情緒栓子抽掉，然後崩潰。

我錯覺自己是一排用於展示共振原理的線吊鋼球，夾在憂悶和狂亂兩端之間動彈不得，束手無策地感覺那名稱不同卻一樣惡劣的兩樣情緒輪流上揚、下墜，敲擊著我的頭腳，在體內發出陣陣關於痛的迴響。頭痛、呼吸困難、胸口灼燙、莫名惡寒等等，有時發作起來會難過到需要用咬自己手臂，或用頭撞牆壁等方法才能紓解，有時是莫名但劇烈如野火的焦躁感點燃全身，即使在地上打滾也撲不熄那些火苗。連續一個多星期，都是痛著哭累了，才在地板上睡著，等待天亮後，再開始一輪可以被預知的疼痛循環。

這使我想起以前，老師曾經在上課時提到一間將天堂地獄的浮雕各自做成兩條隧道、分頭售票供人參觀的寺廟。大家都很好奇他在那裡看到了什麼有趣的東西，他卻只是故作神祕打趣地說：「天堂看不看都沒關係，真正的重點是——要看看我們死了以後會掉下去的地方長什麼樣子。」

我腦子裡浮現出「活地獄」這個詞。

在決定開始尋找適當的自殺地點後，我清空教室座位的抽屜，一點一點收拾起自己房內堆積已久的雜物廢紙，免得人家在清空它們時還感到為難。我希望在不煩擾他人的狀況下死去。

整理自己房間時，我在牆邊書堆裡挖出了一本快要生塵灰的村上春樹小說。之前翻閱這本小說時覺得實在沒什麼興致可言，對內容也沒有印象，確定記得的就只有兩個女主角的名字而已。然而不知為何，那天把這本書拿起來隨手翻閱一遍時，卻被其中無以名狀的某些事物給牢牢套住；此後幾天，我完全離不開它，直到讀遍每一個細部環節，可以隨便翻開一頁就能接下去描述故事發展和主角身邊的瑣事為止。尋找自殺地點的念頭，不知不覺地，就被對書中文字的渴望慢慢掩蓋過去了。

沉溺在書中的當下，我覺得自己內心出奇地寧靜與安慰，如同漂浮於幽深湖水中，呼出的氣泡就像極輕的微生物的屍身殘骸，無聲地發著微光向上漫升。我想，那其實應該是壓倒性的、沉鬱與死亡的氛圍吧。

無所不在的死亡、沒有理由的死亡、與生共存的死亡。一個個生命以輕描淡寫、無所轉圜的方式消逝的故事，卻將我心中的無望與怨憤都一併洗出，沉置在湖沼的某處包容著，等待它們哪一天自然化釋溶去。

然後我奮力爬出。

直到現在，我仍然時常不由自主回過頭去，凝視那陰暗湖底，彷彿自己只是一株暫時離水的藻類，總有一天還會再陷溺下去；所以我不斷為自己假設問題：或許我那時盤算著的是自己的死亡，但其中有多少成分是想讓他人感到驚懼或虧欠？我是如何接受一個人的生命只屬於自己，並不能連帶毀壞他人世界的想法？在幾個或熟悉或疏離的人死去的後來，我對死的看法和從前究竟有何落差？

藉由思考和旁觀，日後我即使如何憤怒、情緒不穩，就算以酒、勒頸或用針戳刺手臂來發洩，也不會輕易聯想死亡之可行性。我想，更貼切地說，那是我努力想抵消腦中死亡念頭時，可做出最積極的行動。

阿姨曾告訴我一點母親以前的事，我一直不敢跟母親提起，所以到現在什麼都還沒證實，只是聽她說當我和哥哥都還很小，因為父母和父親外面的女人起衝突而被偷偷藏往阿姨家的那段時間裡，母親曾經打電話給阿姨，告訴她：「就算要死也不要割腕，如果成功也八成不是失血致死，而是痛死的。」

母親在電視機前轉述老師死訊的時候，是否也正在抵禦某種和死亡有關的記憶或情感？我這時才想到，冷漠有時可能只是來自於事不關己，或覺得與他人無關而已，那我對母親而言，是否正是那對此陌生而冷漠的人群之一？我無從知曉，只能繼續猜測。

至少，我們都活到了現在，用難以輕鬆地向他人啟口，宛如懷抱一個無人知曉的祕密的方式。

曾被死之意念攫住的人，無論堅持活著或選擇就此被擄獲，其實都已經成為了同一種人，一次次的生死繁落，就是彼此生命的鏡照，我們並藉由觀看他人，得到生存的力量或就此消失的決心。我感謝所有繼續活下去的和已離去的，以及那些真實與虛構的，在我感到惶惑無助之時，每每從我腦際浮出，對我悄聲耳語：在我們之中，沒有人真正孤獨。

綠髮與藍血

我把長髮剪了，在此之前已蓄了十二年。雖說十二年，但其實也不是完全沒剪過，但都只是修掉髮尾和分岔，頂多減去約十公分而已，再任它繼續生長；步入髮型工作室時，它最下擺的部分，正好垂到我的背腰之間。

「剪，頭髮要捐。加洗跟染。綠色。」

想捐髮已經想很久了，但今天的重點是染髮——基於某種突發的衝動，絕不考慮其他的，非得是顯目的綠色不可，被人說刺眼或俗氣也很好，然而更重要的是，一定要讓熟人、甚至我自己照鏡子時，都一時無法認出自己來。

我彷彿惄飢已久地想要一頭這樣的綠髮。

那時，我還沒料到即使我都快三十歲了，母親的反應依舊會這麼大：她一聽說我染了綠髮，便傳訊息說，以後不用再回老家，也不要跟她聯絡，除非把髮色染回來。

父親覺得這樣其實也不誇張，還滿好看的，至少不是整頭螢光綠——聽到他這樣說時我大笑，覺得一下子放鬆了，而且有些窩心——但是對母親的脾氣與和我對著幹的決心，他一點辦法都沒有，也無法替我說話，反正她根本不會聽。

表姊偷偷告訴我：「她一直期許妳要正經八百，然後穿蕾絲洋裝。」

她心目中有一個標準且完整的女兒形象，而我總算明白，她對那個「她」的出現從沒死心。她夢想中的女兒，應該是個端方嫻雅的大家閨秀吧，可惜，我和母親都不是，我也對「她」毫無興趣。

但外婆曾是。

外婆到底來自什麼樣的人家，我從來都沒搞清楚過，只知道非常有錢，都信天主教，家裡女兒到了適婚年齡會擺豪宴選女婿。在母親的印象中，外曾祖父母家是一座日式宅院，每個方位最裡層的紙拉門，都直通中央天井的露天游泳池（但我從來沒聽過這樣的建築設計，或許是大型園池也說不定？），池子一年到頭都非常乾淨，幾乎沒有任何落葉和塵埃，宛如永恆寧靜的波心。

外婆原本嫁給一位台籍日本警官，但他得瘧疾死了後，婆家怕她帶著孩子來爭產，便不許她守寡，逼她改嫁。外公原是水電工，後來成了個運氣欠佳的商人，所以外婆一生都忿忿不平，也看不起外公，她痛毆和他生的小孩時，經常邊打邊叫罵的就是：「雜種！雜種！雜種！」

良種混合賤種，就是雜種。

將長髮紮成束，用電動剃刀割下，十二年原來也不過幾秒之間；斷面和我想像的不太一樣，灰灰白白的，像煤炭。

我挑了一個介於翠綠和孔雀綠之間的亮綠色；這是第一次，之前從未染、燙過，造型師說，我的髮體因此相當完整，卻也難以吃色，所以非得先漂色並「破壞」毛鱗片不可，另外說服了我不要染整頭，不然按照現有的髮長，看起來會很奇怪。

另一位造型師拿著一碗灰藍色的漿糊狀晶體不斷搗磨，看起來就像藥劑師揮動著他的藥杵與藥臼。富刺激性、彷彿硝石拌入阿摩尼亞的化學氣味陣陣傳來的同時，我從背後的對話裡發現，造型師原來也被熏得兩眼睜不開。

幾分鐘後，那團氣味驚人的物質就要直接貼上我的髮來。

最初的損壞就要開始。

從小到大，我從頭到腳的打扮都是母親一手決定的，自己沒有任何發言權，可是自十二歲起，我便愈發感受到某種清晰的不適切與不諧和。

母親喜歡讓我理小丸子般的瓜皮髮型，配上日本買回來的可愛女裝與碎花布裙，偶爾加上有蕾絲或花邊的小配件；這些衣飾沒有什麼不對，尤其適合日本娃娃般的白皙幼女，但，我身高過早抽長，小學還沒畢業就超過一百六十公分，加上胸部開始發育卻羞於面對，便以彎腰駝背遮掩身形，不只啟動了一生最初的脊椎側彎，輔以曬黑的皮膚與故作冷淡、實為長期情緒緊繃的臉部表情，再配一副金邊眼鏡，說有多古怪就有多古怪。

有時也被同學嘲笑，尤其是髮型。我想要留清新女星的多層次中長髮，不然就穿帥氣的男裝，牛仔褲上掛銀鏈。母親說：「不要聽同學亂講話，他們不懂，而且這樣的造型本來是很可愛的，還不是因為妳整天陰陽怪氣、故意不笑又畏畏縮縮，這都要怪妳自己。」

這一切都使我覺得：我的存在就是個拼裝貨、不值得。

約一小時後，洗掉那團漿糊，造型師將綠色染劑刷上，隨後敷了保鮮膜，並推來令人聯想到科幻漫畫中洗腦機器的加熱罩。

我維持原來的姿勢，一點都不在意別人警告過的傷身、髮質變差等問題，我自認有那餘裕，只是不曉得染後效果如何？漸漸地，我昏沉睡去。

中學時，我很喜歡一位同學，在被其他男同學們欺侮、見血的時候，他是目擊者裡唯一來照顧我的；此外，他常強討我的作文簿，好像早就看穿我的彆扭心理一樣，笑嘻嘻地一一讚美裡面的文章和句子，並告訴我：「它們其實都很好，所以不要怕給別人看。」而那是我當時裡裡外外唯一說得上有些自信的東西。

分班以後，他和他們班花交往；那時，我是這樣想的：就是一定要如此優秀、靈巧與美豔，才會被喜歡的人所選擇吧；像我這樣，是不可能的。

往後幾年，他不時被女友罵個狗血淋頭，常常可以看到女孩在前面氣呼呼地一逕往前走，他在後面扛著書包、隔著好幾公尺但仍頭低低地跟過去，這情景全校都看到過，也曾聽人背地裡閒話：「女友高興時才能當大男人，女友不高興了，馬上被打成小媳婦。」畢業後，我幾乎不和從前的同學聯絡，只聽說他們各自考上一南一北的學校，而女方一入學便積極投入花花世界，好像忘了有男友一樣，後來有沒有好好地說分手也未可知。

日後，我偶爾會想起、甚至有點掛念這女孩。

不曉得她是怎麼看待自己的？她跟自己處得好不好呢？她覺得自己是「完整」或「一體」的嗎？

加熱完畢，造型師領著我去洗髮；枕在乾淨且溫度適中的白瓷洗頭槽上，非常舒服。然而，過沒多久，造型師用一種不妙的語氣說：「妳頭髮完全沒吃色呢，染劑都掉了……沒料到會這樣，不然會漂久一點。」

所有流程加長時間，或許也加重劑量，重新再跑一次。再漂，再染。

西方貴族自稱「blue blood」，因為皮膚白皙，靜脈明顯可見，並以此身體特徵宣示：界內的人是同質的，而界外的人都不夠高等。優越與區隔就是那股藍的質素，此外皆他者，只是變貌很多，但指向一致朝上，恨不得登天。

母親在生活中動不動就發脾氣，嫌棄某些物事人俗沒品、低級，不可與之妥協，而我總無法理解她在執著什麼，因為即使這樣做，也是不夠「高級」的。她曾在我想買表姊腳上那款細緻優雅的踝鍊時，很生氣地說：「那在我們的年代是妓女戴的。」但我非常喜歡。

我喜歡「妓女打扮」似的踝鍊；我「不辨好歹」地把母親送的寶墜玉石埋在深匣裡，戴上路邊攤買來的、青春流行的花戒水鑽；我「恬不知恥」地在和異性朋友出門時，無視絕不可被請客的家訓，此外，我漸漸較常被欣賞、喜歡了，即使是陌生人的邀約我也會去；我熱愛「不倫不類」地穿迷你裙、緊身細肩帶以；凸顯腿長和腰身，一時高興或不高興，就踏上高跟鞋去睥睨路人；我「傷風敗俗」地迷戀酒類，工作做得不開心，便和同病相憐的朋友跑進校園裡，酒罐一開、鞋子一蹬就開始鬼哭狼嚎，或坐在家門口抽掉半包菸；最好的朋友跟我相約，要成為「肖查某中的No.1」。

然而大二時，發生過一件這樣的事，我至今都忘不了。

和母親一起去台北旅遊；在捷運上，母親忽然說了這樣一句話：「怎麼辦？今天親戚都沒空帶我們，我一個台南鄉下來的歐巴桑，哪知道路怎麼走啊？」而且說得很大聲，像是想引起旁人注意，看有沒有熱心人會主動帶路那樣；她自認年老之後，確實變得很常做這種事，並不時刻意強調自己是個過時、來自鄉下的老太太。

那個瞬間，我莫名像是被雷打到一樣，又彷彿有人企圖捏碎我的脊椎骨，耳朵都紅了；表面上是母親視我早已告訴她的「這裡我已經很熟，跟我走就行」為無物，但事實絕對是她那句話，一瞬間戳破了我有意識撐出的自然、自在，翻出那股身為「鄉下人」的忸怩。母親幾分鐘後，才發現我一言不發，看來不太對勁，便找話和我聊，但我語氣非常不客氣——是連我自己都發覺已然越線的不客氣。

但我無法煞車。那是近乎恨意的衝動。

本以為按照母親的脾性，一定馬上就要當眾斥罵、懲罰我：「對！妳就是嫌棄我鄉下來的！覺得我給妳丟臉是吧！」但令我極驚訝的是，她竟然用很溫柔的表情包容下來了，事後也沒有再提起或做刁難我的事。現在想來，她會不會根本就完全體解我在氣什麼？

那種「低人一等」的感覺。

第二輪漂染結束後，我的造型師俯在我頭上，對附近另一位說：「太扯了，用這一管還吃不進去，我還是第一次看到！加這個藍色當底，比較安全。」看起來像實習生的小妹也靠過來：「妳頭髮太健康了，有很穩的感覺。」

我想不出有什麼話可以回。

一個班級裡，永遠都會有一組功課好、多人追、家境不錯又多才多藝的女孩。當年，我們班也有這樣一對，整天黏在一起，像磁石的兩極難分難捨。很多年以後，老同學跟我說：「妳沒發現她們都很『矜』、自我要求很高——不是一般的那種要求高，而是想成為『更高級』的人嗎？但是沒有那個環境跟方法，又覺得我們什麼都不懂，所以一肚子憋屈都寫在臉上。」

可是，一個人無論怎麼做，頂多就是成為比同階者更好一些的人而已，再過去，就碰到玻璃天花板了，那是任你死命搥也搥不開的；即使有錢人也分很多等級，模仿幻想出來的「高級」之殼，就像買了一件名牌衣服也不會成為那牌子、甚至著裝樣相根本搆不上它的標價一樣，就跟你永遠不會了解那些真正極為有錢、出身顯赫的人，他們那天殺的從容、氣場與固若金湯的自信究竟是哪來的一樣。

還有一個同學，大家都喜歡她的甜暖可親，我也喜歡，但她只對兩、三個好友說過真心話，而其中一個把她賣給我了：她有個緘口不提但極認真的心願，就是嫁入豪門，並和原生家庭畫清界線。後來，她考上國立大學的外文科系，入學後根本不太到課，天天學社交舞和聯誼，幾年前結了婚，對方是她的同事，據說是個普通的好男人。

折騰了一整天，終於完成初步上色。造型師說：三天後來補染，或許，再調個顏色？頭頂可以是亞麻咖啡，底下換染亞麻綠，這樣比較適合我。

朋友曾告訴我：「像我們頭髮這麼黑的人，要染個至少三到四次才會真的變髮，要認命。」

要捐的髮束已裝進塑膠袋裡，得牢記最近別用淺色毛巾擦髮，而且這種非自然的髮色本來就很容易脫落，所以不可以洗太久，更不能用深層洗髮精，要精心保護才行。

免得讓這一切白費。

誰都想受人尊重、讓人肯定、令人豔羨、任人欽慕、被人所愛；如果可以再好一點，還希望為人所珍惜。只要那樣做是可行的，一個人不管什麼標籤，都會願意往正臉貼吧。

我發誓過，再也不要因為那種事情而如此對待母親了，這是不正確的，連我都瞧不起自己。這年頭，還有一種辦法，既顯得充滿平等與道德之心，卻又保住了自己的

「立場」：那就像拿個粉筆，在地上畫一條線，先自我認明「我跟你們是不一樣的，而且我有選擇權」，然後再跨過那條線，說「我故意的，這是有意識的」，你就可以得到來自兩邊的新標籤、讚美及關乎「特別」的形容詞了。

比母親在捷運上的做法細膩多了，不是嗎？

嘲笑我吧。

此刻，我突然憶起了父親。

在家中總發不出聲音的父親。

即使他因為聽文夏的歌而被母親譏諷，又老是說出榕樹下老先生般的話語，我還是從小就喜歡跟他去市區看電影、逛百貨公司，完全不多想什麼複雜的問題，也沒有什麼糾結的情緒。

這是為什麼呢？

也許是因為他從來都沒要求過我什麼，只是沉默地疼我而已吧。

染髮後第一次洗浴，在蓮蓬頭水柱中化為苔綠的髮尾，滴出的，全是汩汩的藍水，潑了我一身一地，所濺之處盡被染色。

它們全都是藍的。

漂過的頭髮，在染劑全褪了之後，會是什麼樣子呢？是只比原先還淺色一些而已，或者會是枯草黃？又或是如乳如骨的灰白？

我總會知道的，在未來的某一天。

我得想個方法讓母親跟我說話。當然，不考慮把頭髮染回去的選項。

「妳以後不打算再捐髮了嗎？」造型師的疑問言猶在耳。

看了看透明袋裡的黑色髮束，明天就選家癌友協會把它捐了；至於那個問題，等過個兩年，再讓我思考看看。

末日之前——〈我們僅有的告別〉之後

「山河並肩坐著／各自聆聽幸福的聲音」——張懸，〈Love, New Year〉

G：

再過幾個小時就是二〇一二年，這是我第四次寫新年情書給妳，似乎。如果明年一如馬雅紀年所說是世界末日的話，那這大概就是我此生最後一封給妳的信了，在剩下不到一年的時間裡，等妳車禍重傷以及被造謠中傷的情緒好一點，也許我們可以再出遠門好好玩一趟，順便回南投找電線桿下的殺手阿伯敘敘舊：他存在於我們的談笑之間，出沒地點是清境遊客休閒中心附近山崖邊的某支電線桿下；他為人古怪卻豪爽，來無影去無蹤，平常以電桿維修工人為本業，但只要和誰聊得來就免費幫忙殺一個仇家。在全世界一起升天之前，麻煩與美好的事仍然一樣都少不了，日子得繼續過，月底的冰箱依舊只有製冰盒是滿的，身邊任何人包括自己也都可能傾斜自我，成為更好或更令人唾棄的傢伙；如果夠努力加上運氣好，我或許還能在臨終前拿到碩士學位……

今年發生不少事——這是典型的廢話，每年都是這樣，但這一年竟記住了比以往更多的日常瑣碎，想必是因為終於開始玩臉書了的緣故：我向來是個不寫日記的人，因為我總認為會記得的就是會記得，該遺忘的就算裱框掛在高處依然會被忘記。但，這段用臉書記事的日子，證明了我從前的想法是錯的：它讓我看見憂鬱低潮、像寄居蟹一樣連日寄住好心開導我的學妹家時，晨間時分從落地窗射入的溫暖陽光，讓我發覺我的生活其實依然平靜美麗；我雕刻出課堂報告前夕，和我其實非常不懂的拉岡理論並肩迎接日出的心情，猶如濁綠色的岩岸海浪；我清楚記得剛曬好的羽絨被子及其香味，還有從鄰居家窗戶探出頭來的、我最喜歡的大臉品種貓，與我像兩個對彼此很好奇的小孩般四目相對；我依稀聽見生日返家慶祝當天，家鄉剛好舉辦煙火盛會，我與母親一同在平素僻靜、難得熱鬧的小鎮裡逛市集與拍照，一同對著煙花千樹，光影與嬉笑如同融化的太妃糖四處流動；在禪寺打坐時，身體緊繃過頭導致手臂受傷，從而學到了放下對控制的需要……等等。對我來說，這樣很好。

因為學妹最近重新談起的關係，我又回去碰奧修禪卡；我這陣子最常抽到的牌是「存在」，那是一個女人坐在荷葉上，眼前有漫天星光與流星，構圖平衡、寧靜而美麗的一張牌，和象徵果實長透後必然脫落、凡事都不外如此的「成熟」並列，不斷出現在我詢問生活各大事項的牌陣中。前幾天，「存在」第一次出現時，我覺得自己幾乎是立刻就明白了它想提示的事，和以前對著它總一臉疑惑的我完全不同；不曉得是不是錯覺，我覺得有好些以前看不懂的禪卡與公案，只要不計較花多少時間和力氣，不要計較看不看得懂或能不能具體解釋什麼事，只要看著它，它就會給你一個非語言性，但柔軟又精準的答案。有時候無論怎樣都不懂怎麼辦？沒關係，以後自然慢慢就懂了。

曾經重要，如同明燈一般暫時點亮、襄助了我的生活，隨後又迅速離開的人們，我總沒預想過會重逢，內心直覺不會再見的人，以後也真的沒機會再碰面了，至少在我的生活史上向來如此；然而，今年卻有令人驚喜的例外。雖然妳應該會覺得這不是什麼大事，但是那段與故人重拾情誼的事件發生之後，剎那之間，我覺得自己好像幻視了一條聚焦在局部的河流特寫，鏡頭一下子往後拉遠些許，這條河流隨即從它自身轉變成某條流域的一個彎道，後有遠山，這河段實際上是繞著它轉過半圈才又向前流去的。

G，雖然我們這年紀的人談這種事多半空口無憑，但我覺得那景象遙遠的極致就是生命與時間。

這個陽性世界太積極了，總要求我們去得到、爭取甚至拚殺些什麼，雖然也不是說這不可以或不必要，但大概正是因為如此，人生於世，渴望一搏卻又束手無策的狀況便很多，以致時時刻刻內在滿溢著徒勞的情緒。

前幾天，我對禪卡問了幾個不同的問題；有些牌組的配色很絢爛，像寶石又像自然中最明燦的花木，有些則是純粹一色，安寧祥和，如水如晶。但問到與蝴蝶有關的老問題時，整副牌面幾乎全是灰的，像枯草的顏色，從第一眼就不得不注意到牌陣中，「關於此事的外在狀況」那位置上的「憂傷」裡，阿難尊者哭泣的臉；此時我才發現，這卡中的背景原來不是我一直以來眼花看錯的屋脊，而是兩座分裂對峙的懸崖，然而崖間滿是星光，照射入阿難尊者悲傷的頭顱。然而，即使整個牌陣看來如此痛苦，處於「此事對我的內在影響」位置上的牌面卻是「開花」：圖面上是一位豐富而專注地生活的皇后，身上布滿了種子和花，並隨時要把它們散播出去——她純然而無條件地慶祝熱情、生命與愛，擁有真正的慈悲，分享著來自彼岸的歡舞與祝福。

簡直跟差一點就要直接開口對我說話的啟示一樣。

我沒辦法對妳說什麼更有幫助的事情，妳的行為和頭腦是清晰理智的，可是對於生活和遭遇的身不由己、心的傷害與感性的作祟，我所知道的唯一醫方只有時間，以及與自己拉開距離，等待創口痊癒與更好的命運來臨，獨獨這些而已。說了等於沒說，可是沒有其他方法。

最近半年來，我無時無刻都有著這樣的感覺：「生活」本身有時候會變成像撞牆一樣的事。又或者類似這樣：音樂廳裡的樂團開始演奏未久，妳安然坐在座位上，預想最好的樂段也許即將開始或有待進入；突然間，台上的團員靜止下來，一個個帶著樂器和譜，站起身來，走了。過段時間，幾個略顯眼熟與面生的人們魚貫上台，把空椅子和光禿的譜架撤離，舞台一時空蕩，只剩一架大鋼琴孤伶伶留在原地，向妳證明這裡確實曾發生過什麼，不是夢境。妳愣住半晌，然後保持耐心，等待接下來可能出現的宣告、事件等等，然而不知為何，舞台保持這樣的狀貌許久許久，時間流過，妳坐在位子上想了很多，懷疑是否疏漏了什麼暗示，又或許今日演出最菁華的部分早已結束，就在失神間任其錯過……等種種可能。廣播系統始終沉默，大門未開，沒有任何場務人員出面（等待的時間之久，讓妳懷疑起此地或許根本沒有這種配置乃至於總監等等），綠色的出口標誌懸在半空，兀自散發著無法忽視的平板而冰冷的光。

這個時候，要走還是要留？我想，也許這樣的如坐針氈，就是人在提出「該不該／能不能更好地／要怎麼繼續生活下去？」這類問題時普遍的心情。陶喆在〈二十二〉裡唱道：「人生偶爾會走上一條陌路／像是沒有指標的地圖」，可那在個人主觀看來根本像是條絕路了，令人擔心自己的人生會不會原來是座堰塞湖或斷頭河，而這好像正是我前面所說的徒勞之情的良好範例。我們在困惑中能做什麼呢？也許，只能在做盡該為之事後，注意不要丟失快樂（它不是外物），接著，任它去。況且，只要這個世界沒有毀滅，所有人只要願意，就隨時都可以互相擁抱、安慰。

好好生活，事事順心。這是我向來給人的祝福語中最誠心懇摯的一句，遠勝其他任何言辭。

新年快樂。

卷三　安息海

緋寒

我深深眷戀著山櫻花。

大學時代，我常常感到寂寞：離開了家鄉與熟悉的親友宛如失根，而在這座山城大學裡交到的朋友，不知為何全是牽絆繁多的人，雖然大多以誠相待，若發生麻煩也大多能即時互相幫助，但他們日常時分若不是忙著打工、接案子賺錢自給，甚至提早創業，便是將時間全撥在與男友或女友的聚首上。雖然清楚知道這是人之常情，我也該為他們生活有所重心而感到高興，但，一個人上下課、用三餐的日子久了，也不免自覺落寞。

除了話題與思想投契的人之外，我不親人，不曾被誰馴養。大概就是因為這樣，我養成獨自在校園裡散步的習慣，而此時我的頭總是放得很低，雖然雙腳不斷在行步，但頭腦通常只專注思索自己關心的事情，有時不小心自顧自笑了出來，引動旁人側目；入冬時，這個姿勢更加明顯，然而這是必須盡量減少受冷風吹襲的面積之故，否則顏面與嘴唇皆容易凍裂生瘡。上大學以來的第一個初春，在我散步必經的路途旁，某天猛一抬頭的時刻，驚覺此處竟生發了一樹火焰，令我詫異，甚可說是震懾：一棟現代化大樓旁的紅磚牆與一排公用電話亭的夾縫間，一株樹皮表面光亮如漆、宛若黑檀木雕成的花樹，枝條細瘦而婉曲，並不結實高碩，反倒類似古代書畫卷中描繪的病梅；即使我的手算是小的，僅伸出單手抓握，卻也能牢牢圈緊它的樹幹。以手撫觸它潤澤表皮的同時，我看著眼前與我同高的、旁出的小小枝枒，那纖細的程度，就連無心的一碰、一折都能使它斷裂，但在其上布滿了更為微小的新綠花苞，不湊近眼前逼視，便絕對無法看清它們的存在。我很小心地接近它們，深怕一不小心就將之吹散。

頭上的花火，並非典型日本櫻花形象那般的漫天高雲，而是秋冬時節，在空氣潔淨並少有光害的夜裡仰望星星時，那珠落黑絨般的墜飾方法：這是隨性而零星的火花，火神興之所至拋贈予花神的焰星；雖然山櫻花又喚緋寒櫻，但那火焰更接近桃紅色，不濃烈，但確實適合冬天適才撫過的大地——此時雖是春日，但天仍常灰，冷暖多變不可期，而人類總需要重然諾的什麼物事來告訴他們，許多可見的、不可見的已早一步先行，我們才能毫不懷疑地相信，寒苦此際已然遠離。

似乎到我大二時，校方才在校園各處擺上刻有植物名稱的金屬字牌，彼時我方確定它叫山櫻花；一度以為那是小時候父親所敘述的「印度櫻花」，後來發現我又弄錯了，山櫻花就是山櫻花，是到達這座山城前與我完全陌生的一個品種。從那時候起，我每年都期盼山櫻花的盛開：從花謝的喟嘆開始，我時時關注著它樣貌的變化，看它的莖幹如何褪盡一身黑色檀華，在往後三季復歸於粗糙、略帶蜥蜴皮質地的觸感與灰土色系；如小指指節般大小的花焰，在短短的花期結束後，旋即如流星墜落泥地上，迅速燃燒它們的餘燼，進而成為寂靜的、示現了某種不可說事物之終結的柔深幽黑。

一年三季，我都在等待的狀態。平日，一個人散步的時候，我看著翠青的抽長綠葉、挾帶古玉紅的秋葉，以及色調漸轉微妙的無葉枝幹如起舞時的指姿，時時靠近樹下，站在潮濕的泥土上告訴它我如何留戀，而我是多麼依賴它，我已將它視為一個美麗的朋友，雖然相聚時間無法太長，但至少那數分鐘間，我們靜默地陪伴彼此，而它未曾吝惜在我面前展現它的美。幾年過去了，我才漸漸注意到文院的側邊與後方空地尚栽了許多山櫻花，但它們都未曾受過我情感的依附，也許，是因為它們早已錯過我最孤單而無防備的時刻。

那時候曾有一個人，我喜愛並時時等待他的文字。他捎來的字裡行間，總帶著北國的氣味，像我和他相熟的那個季節，而我是如此容易被抽象事物深深感動的人，我想，這是我很難忘記他的原因。從許多他強調並維護無數遍、至今我仍未能贊同的理論觀念為起點，我們以《楚辭》、象形文字、民初小說、撩亂的古典意象及初冬的陽光為風景，沿途為彼此說過很多很多的話，因著對方而泉湧的言語字句彷彿無止無盡；也許，還曾試圖跨過因兩造個性而形成的一座座幽谷與高山。那時，我多想注視著他的眼睛與手指，填平我內心布滿幢幢蛇影的江河惡水，軟化他敏感與厭世的稜角，而不是在爾後一次又一次的爭執中，成為彼此眼內心中氾濫的雪水。

身在異鄉逢異客，非關前緣非有因，他說。他還說，我是個反覆而雪涼的人。我不知道這是不是對的，但他之於我，也曾是在看不見的荒原裡有著燎原之勢的火種。在這座不下雪的島嶼居住成長的、沒看過雪的他，甚至是我自己，與關係僵持時降下的隆冬積雪，或者內在虛濁藏垢的春初汙雪同生共處的時候，又何嘗不會幻滅？我和他都是太過善於幻想、耽溺思維的人，以致我拉開距離重新凝視的那些時刻，總懷疑我們眼中的對方都不是原來的面貌，而是某種理型和期待的投射，與徒然的追逐，只是當時太過執著，而忘記冰雪雖然飽含詩意也能保暖，但終將融化，且永遠無法燃燒。

走到終點的前夕，他說：「那就這樣了。」而我沒有應答，也許因著疲倦與些微的悵意。如今想來，他與我並沒有錯過任何時間，只是錯估了眷戀的本質：唯一可以對其從裡到外完全敞開，又不致使他和我這樣的人受傷、退縮的對象，只有不曾離棄或試圖拗折自己的物事，只有重然諾而不輕易改變的人情。我們都不是那個懂事、堅強而有信的人。

容易感傷的那個人，現在有所改變了嗎？內心最純粹的部分還留著嗎？

身上有什麼是至今依舊的呢？除此之外，一切都沒有必要再追究、再詮釋了。

花若再開非故樹。過去的，只願記得最美好的部分。

今年山櫻花開早了，在我寒假將盡、返校訪友時已開到熾盛，乃至時有桃豔落地。我在撿拾落花時細看它們的顏色，突然想起了他，與當時未能說出口的話語；我來不及告訴他的是：在我們之間的，從來都只是寒苦未離之前，一場關於暖晴與花季的幻覺。

鋼鐵之愛

小時候，我很渴望擁有一顆子彈。

父親是警察。在我上國中之前，也就是我家尚未購屋遷入的那十二年日子裡，我幾乎所有曾經的居所都在警察宿舍內。我住過的警察宿舍，有些和警局是分離的，在距離局所不太遠之處，公家安排了一整列水泥平房供警眷居住，以戶外通道上的擋檻為隔間，那高度令彼時極為年幼的我連跨都跨不過去，想出門就要大人拎著我，像玩跳格子一樣，騰空著飛啊飛地，而附近綠色爬藤植物蔓生，蚊蟲繁孳野悍；或者是其他類型：在警局隔壁蓋起一棟屋子，與警局緊密為鄰，共用所有對外鐵門跟停車場，而它們還不是離警局最近的——其實，我見過的大多數警察宿舍都設在警局之中，我們一家，以及其他妻小或老家在外地的警察，都寄住在局址的樓上。

可不知怎麼，我一直記得在三歲時住過、需要成天飛行的那個宿舍，就是綠藤與野蟲並行的那所，它旁邊幾公尺的空地上，有一口古早時期打水用的鐵鑄人工幫浦，但已然年久失修，爬滿了赤藻般的紅鏽，而我總是只遠遠地看它，近在咫尺卻從未觸摸過；在它的下方承接著的，應該是塊方形水泥槽，然而我那必定失真的記憶，總把那一方小池擰想成一口井：一口通往幽深黯暗的泉源礦脈，沒有妖魔印象、非常安靜的井，日日在寢榻之畔與我們同眠。

我從這個警局搬出來，就進到另外一個警局乾淨明亮的門裡去，不變的是戴著瓜皮女學生帽的我，每天放學時刻都迎著未晚的天色，大剌剌踏進警局那閃閃發光的銅色大門門框，把帽子一脫，紅色大書包一扔，吆喝一聲：「我回來了！」然後鑽進廚房尋母親或找點心吃，拉著她的粉紅條紋圍裙轉圈圈，朗誦當天的報紙文章給她聽。如果坐在值班台上的剛好是父親，而他手頭上又沒急事，也許就將我一把抱起，坐在他腿上看電影或卡通；要是父親和母親都不在，其他的值班員警也許會對我點點頭，或者微笑一下，又或是回應我：「喔，回來啦？」接著任我像小狗一樣，拽著和他們的制服褲顏色類似的百褶裙，很沒禮貌亦不端莊地在局裡到處晃來晃去。他們三不五時對我說說話——其實說過些什麼我都忘光了，總之不是什麼嚴肅的事情吧，我只知道他們讓家長管束嚴格、放學後幾乎無法和同學見面，也沒有電動玩具可打的我，在童年生活許多時刻免去了無聊，而且和其他同學顯得不太一樣。

我從小在警察堆中長大，從藍色布皮公文卷宗到硬殼燙金字的精裝六法全書，從宛如灰色手提保險箱的酒精探測器到木製警棍、鋼棍、防彈衣、手銬等警械，都是日常景觀的一部分。父親和他的同事們，有時會借我看他們的隨身配備：黑色自動手槍，成年以後我知道它叫S&W5904，咔嚓、嘩啦，流暢一氣卸下銀色彈匣，讓我雙手輪流捧著分別細看，或者，把桌上白色保麗龍盒裡的一顆顆子彈逐個裝填，要我感受依子彈裝填數的不同，其間會有著如何明顯的重量落差。

那是警察們的職業生活，是父親的生活，也是我的。

母親有時會私底下很激動地告訴我，那些我叫著叔叔的人們，實際上全都是「壞人」，不要太常跟他們在一起，但我依然覺得他們就像是我的朋友，怎麼可能是壞人呢？我還記得六歲時，一位平素對我很好、印象中很溫柔耐煩的年輕警員要調職了，我趕緊花了幾天工夫，用圖畫紙、蠟筆和彩色筆，畫一張描摹這間派出所的大張彩圖送他，還附繪他的名字；一回頭上了二樓，也就是我們的家中，我被家人嘲笑「好笨」、「白費工夫」、「怎麼不送我呢」、「人家一定是一回頭就把那張畫扔進垃圾桶了」，這話讓我沮喪了好一陣子，連看見那位警員的時候都顯得不太自然，不過我也不諱言母親對我說那種話的時候，無論事實真假，都令我想暫時遠著她；然而，過了將近一個月，他真正要離開的前幾天，我從他沒關好的辦公桌隙縫裡看見我的畫，毫無折捲、乾乾淨淨地平鋪在他的抽屜裡，也沒有任何文具雜物壓在那上面，令我霎時想嗚嗚地哭一場，心情既像是被平反，知曉自己並沒有白忙一場，又像是終於確認心意受到了珍惜那樣。

其實，我最初愛戀的是手銬和它的鑰匙。我偶爾會趁誰都沒注意到我的時候，伏低身子，蹲在未上鎖的那架器械櫃前，摸出那副精光閃亮的手銬，雙手在其中穿進穿出。對小孩而言好沉重的物質。當然，這種事被抓到是會遭一頓痛罵和驅趕的，因此我轉而觀看父親腰間的鑰匙串，其中有一把造型最俐落也最陽春的，那就是手銬鑰匙：它比一般鑰匙都短小，但頭部圓圓的且鏤空，下接一根中空的圓管形鑰身，鑰身末端有一塊小小的方形突起，整體散發著好看的銀白光澤，在我眼中，卻彷彿童話故事裡可以打開通往祕境大門的那東西，或是在鑲滿珠珀寶石的箱子前接受精靈試探時，於一整串金雕銀刻鑽石製的鎖匙串中，真正應該選擇的那把。然而，過了沒幾年，彼時也還不到八歲，我很難得地再度有機會竊玩手銬時，驚覺自己的雙手已經很難套入那兩孔圓環之中，若硬要擠穿進去，結果必然會是拔不出來並驚動他人，如果真的這樣，是一定會受到圍訓跟懲罰的吧，甚至說不定，以後就再也不能踏進員警辦公室了。那是我第一次因為發現自己長大而感覺哀傷。

再長大一點之後，我變得愈來愈喜歡子彈，每次有機會把玩都久久捨不得放下：我發現子彈是非常美麗精緻的物件，作工平滑無痕，接縫了無缺憾，銅黃中帶著些微玫瑰色，一般的金屬器皿和飾物完全無法相提並論，彷彿與憾恨及缺損無關，小小一顆沉甸甸地放在手心，就令幼年的我屏息。問父親和他同事能不能要走一顆，擊發過後剩下的彈殼也可以，得到的答案都是一陣笑聲：「怎麼可能呢，只要一顆子彈說不清到哪裡去，爸爸就要坐牢。」

手銬很好，但有使用年齡限制，一超過就會把自己鎖死，很危險，子彈就沒有這個問題。

經年懷抱擁有子彈的慾望，令我即使後來離開了警局住家生涯，依然惦念著它。大約是十三或十四歲的某天，我意外從母親的手工藝素材盒裡，挖出一枚子彈型的電鍍鋼墜，喜出望外地，我把它用紫紅色的皮繩串起來做成項鍊，覺得兒時心願終於成真了。不久之後，在一個氣溫適中偏熱的午後，已經被允許可以騎腳踏車到鄰鎮逛街的我，戴著那條項鍊，套件緊身無袖背心，於黃昏的回程時刻，在快速道路邊，隔著雙線道大條馬路與綿延不盡的安全島，對向車道來了幾台機車與張揚喧囂的人聲；事後想起，那些人的組成應該是十幾個平均年齡看來和我差不多，但可能有幾位較我稍大的國中生，他們看見了我，便爆出更加狂躁的喧嘩與笑聲，有人猛按喇叭，有人撐高身體不知道對我喊了些什麼，而當時我只曉得兩件事：第一，這裡算是荒郊野外，如果他們繞過後方那安全島的隙縫追過來的話，怎麼辦？第二，我內心有一股除了慌張外，比那更糟的感覺，但一時說不清那是什麼，只覺得心裡憋著一股無以名狀的憤怒與受辱感，卻又有想哭的衝動，彷彿犯了過錯一樣，可我不知道那份激動究竟從何處來。

我終究是平安到家了，一進門，就跑回臥房裡，把臉深深埋在被子裡頭，維持這樣的靜止姿態，直到母親來叫我吃晚飯，此時我才發現太陽已經完全下山。過沒幾天，那條項鍊就不見了，問母親也說「沒看見」，它從此便消失到我所不曉得的某個彼方，跟自動鑽進地層深處一樣，遺落得莫名其妙，再加上日後又搬了家，那項鍊更是終生無可能再尋回。

我還住過這樣一個地方，那邊的景象不知為何每隔幾年便夢見一次：警局和酒家不過在附近而已，相距不到一公里。父親他們前往此處臨檢時，身上一概穿著防彈衣，背著自動步槍，可以連發的那種，我不太清楚但也許是M16，口袋裡埋著裝有數十來發彈藥、比成人手掌還寬的彈匣，就公家機關而言已可說是單人重火力配備。某一夜，擴大臨檢之時，父親在那酒家裡見到一對耳鬢廝磨的親密男女，他覺得那女人的輪廓很像母親，便刻意到他們身邊轉了半圈，確定自己認錯人了，才放心離開。他把這段經歷說給母親聽，母親問：「如果那個人就是我，你會怎麼做啊？」父親回答：「先把妳給抓回家，回頭再用手上的步槍把那男人打成蜂窩。」

在搬到那派出所之前，我難得有一個既非警局也非警察宿舍的住所，是在台北，我的親戚家。我在那裡待了將近一年才被接回父母身邊。最初我根本不知道理由，還以為是因為我不乖的緣故而被拋棄，回家之後，才一層一層地漸漸曉得父親在過去幾年間長期外遇，母親先是忍住了，他和外遇對象便開始欺侮她；母親說，她更無法忍受自己是最後一個知情的人。因此，母親精神幾乎崩潰，同時還必須處理那女人開始趨向極端的言行，以及父親的退縮怯言，然而卻也沒張揚上告——父親是公務人員，事情一傳到上面去，他就會被劾責撤職，而她並未選擇這樣做。她已無法照料孩子，心裡滿是歉疚，聽說，我只是聽說，她在我見不到的那段時光中自殺過兩次，只是都失敗或是被救下來。在此之後，她從來不說對父親有任何一絲感情，她說他們是相親結婚，純然奉父母之命，維繫這個家的也純粹是責任，丈夫唯一的功能是賺錢養家，一切的一切都與愛情無關。

母親轉述那段和父親之間的對白時，臉上神采飛揚的表情，搞不清是覺得有趣還是開心，也可能兩者都有。我猜，母親對父親的感覺，或許並不如她自己所堅稱的那麼平乏無感吧。她讓我感覺到另一種並非針對特定他人，卻迂迴曲折、一如石灰岩洞的無以名狀，伴著地下伏流的水聲，隱隱滲出地表來。

我清楚記得，在那所警局裡，父親有一位同僚，大家都叫他囝仔，因為他長得非常年輕，人又好像長不大一樣，總陪我玩各式各樣的遊戲且不厭倦，完全沒有成人的矜持與敷衍，有時還帶我出門釣魚加菜；他的女友是幼稚園老師，臉圓圓白白的，叫妹妹，偶爾也會來幫忙照顧我。我們全家都和他們很親。後來，父親和他腳步一前一後地調到鄰鎮同派出所去，再度成為同僚。囝仔叔叔很快就出了事：他在當地交了一位新女友，而她懷孕了；她父親是非常強勢的有錢人，以幾近逼押犯人的方式要他立刻來迎娶女兒。可是他捨不下妹妹。於是，某日他放假時，把配槍私藏在身上，帶出所外，到新女友家登門拜訪，趁著客廳只剩他一人的空檔，掏出槍來，從太陽穴打爆了自己的頭。母親曾趕到醫院見他最後一面。父親和母親始終都瞞著這件事不敢告訴我，直到很多年後的某一天，似乎是突然想起我早已長大，才終於開誠布公地告訴我：囝仔叔叔已經不在很久、很久了。

年紀已長的今日，我被日常瑣事及過眼即逝的當季飾品占據雙眼和思維多年，身體亦已沉甸甸，直到聽見那從近二十年前的彼岸傳來的噩耗時，才又忽然憶起許久未思及的、曾握在手心的那一顆顆子彈，以及一段幾乎忘卻的年幼往事：父親的同事像現寶一樣，領著我到覆著藍色鐵皮的保險櫃前，看一把色澤全黑且外型陽春的小手槍，表情得意，但我無法理解；我那時覺得這東西一點魄力和美感都沒有，甚至有些類似玩具。現在回想並猜測，也許那是一把左輪手槍吧。長大了以後，我才曉得左輪的好：準度夠，單發火力強，必要的時候，還能自主為命運下注。

現在，我最想要的東西，已換成一把左輪手槍：真假都好，但務求逼真。

安息海

二〇〇九年八月初，父親節前兩天，冒著從昨日下午一點多就開始，且愈下愈顯凶暴的雨，帶著要給父親當禮物的葡萄酒禮盒，和新收到的、明日停班的預告，自台中舊城區打工處直奔客運站；步出騎樓之際，還有幾個狼狽不堪的人衝進來避難，一身都是漉打水跡，路旁水溝跟湧泉一樣，排洩不掉的雨水已然初步覆沒大路路面。

抵達台南，父親開車至麻豆轉運站接我回老家，行經外環道路時，遇到了早已淹沉在黃土色泥河下的路段——可能只消欠一片剃刀厚度般的運氣，這舊車就要拋錨熄火，困在這仍不斷擴張中的濁水裡無法動彈。父親並沒有責怪我，只是抵達家門時稍微叨念了一下：早該回家的，如果當初再遲個幾分鐘過路，我們就回不來了。

我當初並不曉得會淹得這麼嚴重，雖然頭低低地只表示知道了，但心裡一直過意不去。

眼看持續停班停課且強颱豪雨勢必摧殘各地，台中的工也不用上了，我注定要留在學甲老家，和家人一起儲糧、防潮，在談話中煮食、避難，等待時間與大水一同流過。

可當時有誰知道這裡就是災區呢？

●

你。我想跟你說一個故事。你可以不聽，若你願意，你不須、也請不要回應，但此刻我不說出來，以後就再也不會說了。

我從未見過這樣一個人，第一次遇到時，心裡就知曉：「是你」。這是從前的我所不信的那種事情，以前未曾如此，之後也不再有過。

我只對足夠信任，且關注的圈子夠迴異的友人講述這份情愫與你的名姓；從他們誠實直率的反應中，我就曉得大多數人會怎樣看待這種感情：誰都覺得我是基於衝動、某種情結或學識混合權力的優勢，抑或根本就是為了相貌，便對你形塑了過多的光暈及投射，然後誤以為那是情愛本身；換言之，若沒有那些因素，今日一切都將折半、改觀。

但，就算剝除你各種位置與身分，以至一無所有、無以仰慕，我還是會知道：

「是你」；如果你混在每日擦身而過的百幅面孔之中，也許我就不會發現你，但只要我看見了你，不論你此時是誰，是如何平凡、和你此刻的光環毫無關聯，我對你的一切仍然都想了解、都好奇，且願意傾盡所有可能性與未來去接受，心裡沒有一絲猶疑和保留。

這也是從前的我所不信的，以前未曾如此，之後，也不再有過。

本以為這會是唯一一次的萍水相逢，畢竟那只是一場基於知性和組織的談話，而你我的生活原本就截然無涉；可是那年春天，我因偶然的機緣再見到你，並與你共處共事——此時你還清楚記得我，並迎上前來親切招呼：「妳怎麼會在這裡呢？」

我好開心，是這樣重新見到你。

認識我近半生的朋友說，那是她認識我以來看過最明亮的時期：眼神有火，彷彿朝陽。

「最幸福的時刻是什麼時刻？就是有一天早晨，我睜開眼睛，覺得我會在今天開始幸福，而往後的每一天會更幸福。但那時我不知道，這樣的可能性就是幸福本身。」這是我後來在電影《時時刻刻》裡看到的句子，一開始不懂，抄下後重讀幾遍，便曉得：這是真理。我很快就明白，打從一開始，你之於我即是絕望。

但你如何讓一朵荼蘼不睜眼或延遲盛夏。

我的悔愧，始終來自於後來那段日子裡，我盡當時的我所能披覆的、最緊最牢的倫常外衣，維持和樂與符合系統要求的表面，卻仍以一個表情壞了一切。你在我面前，猛然驚覺我心思的剎那，那慌了手腳、失去分寸，卻還必須以令我聯想到安撫幼犬的語氣盡力正常對話、令我不致流淚的樣貌，正是我最怕看見的，而我也知道，無論是什麼，包括廁身在此地的時間，都已經到盡頭了。

都是我的錯，我終究還是失控且超出預期地驚擾了你，對不起，對不起，對不起。

對不起。

●

豪雨加上水庫洩洪，老家這一帶幾乎被洪流和爆出排水系統的積淤吞沒。

之前全然不知，但此刻地景與水線，卻以再明確不過的顯像畫出這條等高差，教會我辨識家鄉地理：我們的家屋正好位於和學甲信仰中心慈濟宮相連之高地陸塊的邊緣，而一出巷口，地勢便陡降，自這條線以東、南，全是半人高的深黃滾流，使我們這條巷子裡的居民即使剛好沒被淹害，卻也出不了巷，成為一座真正的雨地孤島。

我曾站在巷口，想走出去看看，但眼前一片茫茫致眩，不知何去何從。另外，我的體質敏感，很怕觸碰汙水會使皮血感染，以致所有對外觀察，都是從家人那裡聽來的二手訊息。

尚未淪陷、還有地面可言的北邊道路上已有裝甲車待命，證明此處確是災區且有多人受困；父母自外帶回來的消息是，整個學甲超過一半都已陷在大水裡，有的鎮民早已斷糧，雖然也看到一整排自得其樂、在馬路邊撈捕沿街竄泳的塭殖魚蝦並現烤現吃的鄰人，但同時聽說橡皮艇已出動救援了好些受災戶，不過我們都不認識。

我們此時最擔心的，就是缺糧、斷水與斷電等實際問題。處於受災的邊緣且圍困在災難圈中的時候，我們只能關心這些，或是透過電話、網路交換信息，甚至如果沒有電視新聞，連這座小鎮的另一頭發生的事故，我們也不會知道得那麼多，因為沒有親臨，終究是隔了一個次元，也就是一個世界。

資訊像碎雪花片片斷斷飛來，此次此地，災難規模的真正樣貌仍然需要拼湊。

緊接著，電視螢幕上，傳來高雄那乍聽之時難以全部相信的崩山、滅村。死難與受災數量節節上升，我常去的網路論壇上，「自然災害」版也替換成黑白模式以悼念死者。

此時，有個從口吻看來是大男孩的網友，自稱六龜人，他說鄉裡還有人在維持秩序，也暫時沒斷糧，但對外道路全部坍方，沒有任何突圍的可能。他最後說：「我好怕……」

此時，有其他網友跳出來反駁他：「你說謊，現在六龜明明已經完全斷電斷訊了，你怎麼還能上網？你不是六龜人！」大男孩很快回覆：「電是我們這裡的發電機提供的，而且網路線沒斷啊！但不知道還可以撐多久……」

其他網友紛紛在底下留言為他打氣，短時間內便集了百來條，要他絕對、一定要活著出來，要隨時報平安，不准斷了聯繫；我也留了言，並隨時注意這個版面，但過了約半至一小時後，他就不再說話了；忘了是三個月還是半年後，有人記掛他，上版貼文來尋，但仍然沒有見到。

●

幾年後，乘兄嫂的車到小林和那瑪夏，嫂子沿途說了好些她的人事部門同事及主管們，是怎麼被硬性要求輪調至類似這樣的偏鄉，每兩個禮拜才下山一次或回家一趟，將半個月份的所需物資都帶上山去，而公家機關又是怎麼在固定時間裡，於清晨時光派小巴士把兼職人員們沿路載上山、放下車，而負責那瑪夏的人員必是車上的最後一位，到達定點時都已快中午了，只能把事情快速辦一辦，復又準備下山——因為巴士午後就要發車，沿原路一一收人，但這些都是沒什麼辦法的事，因為離平地就是那麼遠。我很想知道負責那瑪夏的那一位感受如何。

不過，小林歷來仍然吸引了許多族群，還有不少嘉義人前來開墾，如果不是這場災難，它或許就能一直好山好水下去？紀念館的導覽人員告訴我：早在五十年前，就有專家指出此地岩層不適宜人居，應該盡早遷離，但那時仍在戒嚴，這訊息並沒有真正傳達出去。另外，其實村子裡並不常有這麼多人，但當時是父親節，有很多人從外地歸鄉，也有人攜家帶眷地來此暫住遊玩。

小林村位於楠梓仙溪的東岸，早在滅村前兩、三天，小林村上方河道便因土石崩落形成堰塞湖，然而當時完全沒有人知道。直到它潰堤，挾著大量水流和土石，來到約小林村中段位置，形成第二座堰塞湖，並在潰壩後衝擊獻肚山，導致洪水與土石流淹沒九至十八鄰，而許多生還者和目擊者都聲稱：聽到兩次巨響、感覺地表劇烈搖晃，並看見山體鬆開與爆炸。

我隔著車窗，一路盯視著巍巍的山與河流，看見的裸露山體都是順向坡頁岩層，且頁理分明至極，像是甫被剖開的石頭，又彷彿地理課才會用到的地質剖面模型，而除了山羊外誰也上不去的極陡山壁上，時時可見掛了幾條水勢細而銳利的瀑布，怎麼看都無法不覺得它們是走山後才形成的新地理。

駛過新的橋梁與道路，橋柱上多搽有顏色顯眼的新油漆，然而沿著路與河走，映入眼簾的盡是連根拔起的橋柱與舊路基，或顯然曾是此地要道，但前路後路都被截斷，因此孤伶伶懸在山壁上的舊道路，以及兀自張大了嘴面對一座懸崖的隧道口，等等。

嫂子說，當年她看災難新聞時，無法忍耐情緒地一直哭泣，到後來就完全不敢看電視了；風災過後，高雄許多地方都好似百廢待興，有持續停班停課者，但只有公家機關人事員閒不下來，要持續往小林和那瑪夏鑽，因為有太多派至當地的老師下落不明，可是，找也找不回來。

行經一片碎石灘區之時，我們一度懷疑這就是九至十八鄰的遺址，但是無法確定，因為這上面什麼也沒有，是崎嶇山地裡一片平坦的洪荒。

有風吹過，遠處有積雲，上游有雨。

雨持續下，漫漶積水不退，家屋依然安全，但已不敢斷言明天會如何，眼下好像什麼都有可能發生、都不意外。

我們的「日常」以及對它的信任，在某塊地殼下方隱隱鬆動。

向台中打工處那頭請假多日之後，我不顧母親阻止回去復工；復工只是其中一個理由，真正重要的原因是：我想離開，想回安全乾淨的地方，遠避這雖然已漸漸恢復正常，然而卻濕漉漉、充滿曝曬過的枝葉泥漿腐敗味的處所。而且，我還想再見春天那人一面。

於是，我一個人逃走了。

客運行經嘉義時，我發現高速公路底下全是不見盡頭的汪洋，近乎溢上高架路面，而舊日看得熟悉的農田與建築全數消失在底下，和前幾日行經西港大橋時覷見的景象如出一轍。我一時恍惚：現在究竟是什麼情況？此地還有人活著嗎？

在後來的印象裡，那段縱貫公路靜寂無聲，只有清晰到占據全部耳膜、好像可以用我的體腔共振的單調引擎聲，以及來路與去向都彷彿指往另一個世界的烏灰長風。

錯覺離死絕之境很近的時刻，是心慌、茫然與呆滯的混合。

人在台中時，每到打工休息時間，我總徒步走過舊城區的木棧橋與綠川，來到麵食店單獨用餐、放空，給日日被電話和陌生人侵占而快要麻木的耳舌一點活命的空間。奇怪的是，我總記得綠川那有時不太好聞的水面上，一隻佇立在河道中央圓石頂始終不動的白鷺鷥出現的那天：牠無瑕美麗得讓我誤以為是基於某種理由初現在此的白石雕刻。我盯著牠大約十分鐘，才覺得牠身體好像有晃一下，所以是活的。真好。

麵食店內的電視停留在新聞台，持續播放著關於風災的消息。

我曾經對災難新聞頗為冷淡，更小的時候，似乎還說過「哪次颱風不死人」之類的話。可是，這次不一樣，不只因為南部災情通常較輕而難以接受這次的狀況，也因為跑馬燈上流過的地名，許多都和我有程度不等的關係與親近：老家、曾經的居所，還有通勤上學過的鄉鎮，全都一一流過去；愈看，筷子動得愈慢，喉裡有微微酸味，但是眼睛睜得大大的，完全無法移開視線，內心有個聲音在叫嚷「拜託，再救一個人也好，拜託」，然而電視上逐次報出的只有慘況，說，很缺屍袋，並細細描述了軍人怎麼趴在泥地上，用直接嗅聞的方式尋找、挖掘不成形的殘塊。

捐款回來，和主管談起這次災情，忘了是此時有人，還是母親透過電話——當日我的記憶被許許多多情緒影響，實在太過破碎——激動地告訴我：那時在現場的村民都已經說了，走山的時候，能逃的時間不到兩分鐘，等於命中注定得死，根本不可能逃出來，而那些土石不只是把人掩埋住，還彷彿一台逆時針旋轉的脫水機，高速且強大的離心力會將人捲入，瞬間絞成碎肉，連留下可供辨認的屍塊都是極為奢侈的事，怎麼可能會有救？而叫軍人趴著聞屍塊，有什麼意義嗎？當人家孩子不是人生父母養的嗎？這其中有多少都因為嚴重的創傷症候群而無法繼續駐留救災了？

從這刻一直到救災略緩，等於放棄搜救和搜屍的那段時間裡，我才漸漸察覺、意識到：這是我的故鄉，我們的南方，今日血土交織。

●

「痛苦的海洋，過去的與現在的，環繞著我們，海平面年復一年地升高，幾乎將我們淹沒。閉上眼睛或轉過身去都沒有用處，因為它無處不在，在周圍每一個方向，一直延伸到天的盡頭。」

夏天結束後的頭三個月，我在各方面深深地感到疲累、空洞。

其實不太清楚自己是怎麼度過這個秋天的。

也許像機器人那樣吧。

電視。

電磁雜訊。

白光。

常用的療癒牌卡，反覆抽到訊息凌亂再無意義或不斷重複。

讀書。

「世界的確是給過我雨水、陽光／給過我了無憾恨的月華／我無法放下啊／我聽任自己老去」。

印論文與囤積。

「懷舊最重要的面向是這種回歸的慾望——亦即慾望重回到想像成原初統一的某種不同生活狀態。如此一來，懷舊不再是種戀附於具體體驗過及時序上已成過往的情感。確實來說，懷舊是戀附於想像的完整的單一狀態，以近於精神狂亂般的回憶方式出現。」

進食。

買戲票。

回家。

祈禱。

縮在椅子上無止盡地發呆。

洗澡水溢出門檻。

日與夜無意義地流逝。

每天把自己打理妥貼，格外注重體面地出門，無意識地靠經驗法則應付日常學習與對談，但關起門來，睡眠就是最好的夥伴，因為清醒之後，意識接通的瞬間，程度或輕或重的電擊感便不間斷地傳來。

為什麼會有人這麼傷心呢？這裡頭一定有誰做錯了。我不要聽這沒有對錯問題的無用開解。在純屬於我的世界裡，完全把自己否定掉，成全他的善意與美好，也是可以的；此刻我僅存的自我和時間，全成為靜止與殘餘了，即使還有其他人認為我與我所有的那些事物是美好的，我也不稀罕了。

我不想要我自己了。

●

在文獻裡讀到，小林村生還者裡，即使早已遷居，但患了難以入睡、時常驚醒的症狀者仍有很多，也有人每到下雨的時候都感到焦慮、害怕；一夕之間失去所有者，有的說他丟失了方向，好像再怎麼努力，到頭來都會落空，也有人說體認到人生無常，但對未來和自己的動能仍感到樂觀，並能逐漸接受現實。

忘了是聽誰說，八八風災的災民是自己不願意早早撤離的，所以沒有打官司的立場。

友人H就讀的系所跟紅十字會合作，針對小林村進行口述歷史重建計畫，到了計畫第三期，由南藝大接手，他和他的指導教授就進行獨立關注，於是他便投入大量個人資源，將與其相關的災難書寫和文化研究寫成學位論文，這也是對他們的交代、口述歷史研究者的道德。

我問他：他看見的小林村居民創傷感嚴重嗎？他說，整個小林村的範圍，是溪谷底下有村落的一部分，半山腰有另一部分，往那瑪夏走一小段路還有一部分，而獻肚山崩塌，埋掉的是溪谷底下的那部分；有些人認為，那是他們之中平埔族群——即西拉雅族——密度最高的，是真正的小林村，也就是被吞沒的九到十八鄰。其中有些人是從泥流裡逃生的，「創傷」此時就複雜了：眼睜睜看別人死的、自己逃出來但家人全被埋葬的、在外地得知親友罹難的，甚至有些救災者和社工產生了替代性創傷……各個都不一樣。大多論文去剖析、研究他們的創傷，都認為當下受創極大，但是會隨著時間、經過各種療癒方式逐漸恢復，只是有一種創傷沒有被關注到：當下否認，一派輕鬆地侃侃而談，好像在講別人的事，但是隨著時間推移，他們的創傷逐漸加深，並會不斷去回憶當時到底發生了什麼事。H說，余安邦院士的意見是：「這是療癒過程」，但也有人撐不過去，那他們就可能自殺。

在我讀過的創傷文學研究裡，亦有好些提到：創傷急症期後，往往會有一長段緘默或否認（心理上偽裝自己不在場）的時期，然後推遲症狀，可能在往後非常久的人生裡才爆發效應，而就目前針對災民的療癒，我們兩個所見到的，都是隨時間好起來的結論跟例證，而沒有針對這種隨時間加深之創傷的治療。

我想起了大多創傷症候群患者，包括暴力、性侵受害者，都自稱「倖存者」或

「生還者」。

所以他們的心理創傷嚴重嗎？這個很難回答。H給了我這個結論。

●

秋日將要結束的某天下午，我一如往常，坐在椅子上對著電腦發呆，突然，像恍然夢醒那樣，驚覺此時還有魏晉思想專題要上，且幾已遲到，便抓起背包沒命地往學校衝。

某部日本漫畫裡，少女時期的女主角與父親一同被母親拋棄，進而與崩潰的父親發生亂倫關係；一覺醒來，父親已沒了氣息。女主角在三重打擊下，木然伴屍一天一夜，之後，燒了熱開水，泡了杯麵，回來跪坐在遺體床前的地板上，吃光它。她多年後回想起來，對這個舉動只有一個解釋：「我肚子好餓。」

日常穩定一個人的核心。

可是下一個春天抵達時，我又生病了。

我可以把這解釋為之前那一年耗費太多力氣，身體在反饋那段時間的消磨，也可以說，這就像太急著把漂流木拖到太陽底下曬乾，反而讓它變質腐爛那樣，又或者，根本就是不相干的兩碼事，完全沒有因果關係。

這是發生在我自己身上的事，要怎麼詮釋都可以。在身上留下痕跡的疼痛、病症或傷痕，因為可被他人看見，多半就有了不被質疑的權力，成為受難的鐵證，只不過也就無法否認其存在了，和看不見的東西完全不能相提並論。

可是，我開始害怕坐特定路線的公車，畏懼經過和那人共處過的任何地方，甚至連那年夏天的打工場所、舊城區的麵食館與綠川，也一起成為了逃避的場所。這又要怎麼解釋呢？

把眼光拉遠來看，生病其實是一件好事，因為我終於可以哭了：我可以為病痛而哭，可以為虛弱而哭，可以為搞砸身邊一切事情而哭，可以為對家人不敢信任而產生的恐懼想像而哭——怕他們視我為負累，怕他們在常情範圍內的輕忽、挑戰或不理解成為最後一根稻草，並因而無法歸家——每一個環節都足夠讓我盡情地哭一場。

但那件事，在悲傷的領域裡沒有足夠的容身之處。你說你痛苦，他人就會一重一重篩檢與質疑你，而有多少人是可以在被懷疑、貶抑過那麼多次後還能不噤聲的。愈愛說「情感就是情感，沒有對錯之分」的人，愈容易在聽到這種事的時候表達出「妳太閒了，多工作」、「過一陣子妳就忘記了」、「不高興就努力去搶啊」之類的不耐煩感。

痛的場域也是充滿資格論的。

而有些痛，正好是因為「不在場」才有的。

我只能把這件事情寫下來，有趣的是，還真得了個文學獎，獎座的形狀是隻抽象化的金色展翅老鷹；我還滿喜歡那隻鳥的。

在所有朋友面前沉默下來之後，我寫，此外還讀小說：「我不知道，我是第一次這麼做……我在認識你時，你就已經是個有錢人了。」、「我曾渴望擁有一段難以慰藉的回憶，一種影子和碑石的回憶」。

●

閱讀與紀念建築有關的資料與設計源由。所有的有形，都是在替代、呼告著：消失。

一九九〇年，阿塔圖克紀念碑揭幕，上面刻有一九三四年，凱末爾為一戰時期死於土耳其加里波利半島的澳、紐士兵寫下的致辭：「您們，母親們，將兒子送往遙遠的國度，現在可以把眼淚擦乾了；他們今已安息在我們的懷抱中。他們在這塊土地上失去生命，就也是我們的兒子。」（You, the mothers, who sent their sons from far away countries wipe away your tears; your sons are now lying in our bosom and are in peace. After having lost their lives on this land they have become our sons as well.）

加里波利之戰中，雙方戰死人數幾乎相同，皆在五萬七千名上下，然而協約軍的傷亡和失敗，多來自連串的決策失誤，以及英國在戰事後期撤軍，也是戰術失敗的著名範本；當時屍體過多，只能就地掩埋，然而更多是四散腐爛、無人收拾，以致今日當地農夫翻地時，仍不時挖到殤兵的遺骸，唯不知眼前的碎骨，來自何國何地何族。

這座以白色為主調的大理石碑，坐落於惠靈頓的某個山脊上，向著庫克海灣，地景與加里波利半島非常類似，對換了千里之外亡靈眼中的景相，及亡靈回不了的家。

●

H說，這幾年來平埔族群一直在打官司，要爭正名，一次一次被否定掉，那都是二次傷害。

從他們的原居住地來看，太遠的暫且不提，就從日據時期開始說起：據村民口述，只要不起叛亂，在居住地上要種任何作物都是被允許的，但是聚集人數不能超過五人；戰後，國民政府接收土地，就不許種作物了，土地收編為國家所有，卻任由財團開挖。山上的珍貴林木，在名義和法律上也是國家的，而那些珍貴巨木之於原住民有祖靈及水土保持的意涵——西拉雅雖然是祀壺信仰，但是跟其他原住民一樣，沒有所謂「天」的觀念。由風災來看，為何土石流滅村？正是水土保持不良的問題，而這為什麼做不好？就跟濫伐林木有關。

再看族群正名：當初登記身分的政令跳過了他們，所以他們沒有身分，土地登記也就沒他們的份，到後來土地沒有了，巨木沒有了，然後山崩滅村，全是環環相扣，所以風災傷害的複雜性，到現在還在延續。

今日，高雄市府方仍只將土地權狀給予受法律承認的原民，因此這事與小林村無關，而只要沒有身分，將來就算原民得以自治、劃設保留區，這些事同樣將與他們無關，所以，目前高雄西拉雅跟南投噶哈巫仍在持續上訴。

沒有名字，就是這場慘劇的源頭。

我所遇到的小林居民告訴我，在三座永久居留屋聚落裡，大家活得都還算可以，至少她自己是這樣，除了化糞池塌陷跟新馬路再度逐日下陷等問題外，她不打算多抱怨什麼。H則告訴我，小林居民因為缺少工作機會，或是基於無法適應組合屋和園區環境，又或者想找回祖靈、家庭與部落功能等理由，通常是年輕人想要下山，老年人想回原聚落，待到雨季再離開，而有些中年人想和政府貸款重建傳統家屋，但政府不肯，一逕要他們安於現地就好；另外，有些因應風災重建的條例制訂，對他們來說無疑是對土地與環境上的趁火打劫。

災後百日，布農、魯凱、小林等多族，計約三百人聯合赴行政院，在「行政院莫拉克颱風災後重建推動委員會」會議場外施放狼煙抗議，高雄市公共政策相關紀錄上此稱為「狼煙事件」。原住民施放狼煙有三種涵義：一是「我在這裡」，二是「這裡安全了」，三是「回家吧」。

這麼多年過去了，已經「回家」了的人，有沒有？

●

你還在嗎？

讓我繼續把故事說下去。

自從生病以後，我只和兩個朋友談起你的事，因為她們都是常接觸靈學與靈修的人，批判性少些，比較不會否定我，但，有時連她們也忍不住提示我：該振作一下了吧。有另一位較資深的靈修者，我明明什麼都沒對她說，她便主動勸告我：「我不曉得那是什麼，但妳對某件事顯然太執著了，雖然沒有影響到任何人，但我建議妳還是不要這樣，因為這樣的執著本身就很可怕。」

諷刺的是，我卻是透過這樣可怕的執著與時間，漸漸得到了其他友人對我情感真實性的肯認與相信，不過依然會加上：這不是愛喔，是格外嚴重的迷戀，是不健康的。

你借我的三張唱片還放在櫃子裡，你不打算討，我也沒打算還。我們之間有過幾封電子郵件，有客氣和基本的善意，因此等於從來都沒說過什麼。

我有時會想起你在用態度拒斥我之後，隱身在高處欄杆外觀察我反應的樣子。整整一年後，我在某棟大樓的電梯裡單獨碰見你，你我第一時間都沒認出對方來，幾秒後，你聲帶低鬱沙響：「妳怎麼會在這裡？」互道幾句毫無意義的寒暄與對話，電梯門一打開，你就像風一樣地衝出去，背影如一塊鐵壁，我連禮貌性的「再見」都來不及說。

那是我最後一次見到你。

還在聽嗎？

可以的話，我還想繼續跟你說話。其實我很想一直說下去，但不可能，總是有應當結束的時候，更何況這些時間，我都當作是跟你借與討的。

我接下來要說的，如果你聽了，感覺和上一個故事裡的什麼有所出入，也請不要介意，因為這其實是極其平常、很難避免的事情。

我第一次看到你時，什麼也沒多想，但離開對話現場後，卻宛如有塊帶著陰影的石頭壓在胸口上，隱約覺得牽掛著什麼狀貌模糊的東西。

三天後，我作了一個夢：你帶著我，來到一座老舊陰暗、位於高雄，而我因為長輩曾賃居於此而熟悉非常的公寓；走進電梯之前，你慎重地停下來問我，都了解了嗎？考慮好了嗎？此時我瞬間明白了，你高層公寓裡明亮、白色且異常寬敞的房間，有著堆積如山的女性屍塊，大腿全拆卸下來，以屠宰場專用的鐵鉤倒懸著，彷彿肉品廠房，四周尚有加工醃泡中的碎肉，而我早於夢境開始前允諾了你一場愛慾，以及接續而來的殺害、肢解及食用。在我極度猶豫的關鍵一刻，遠方有巡警追緝而來，而你立刻轉身逃離——這一刻的情狀甚至有點荒謬——被完全拋在原地的我鬆了一口氣，但旋即發現自己竟是有點失落的。醒來之後，我對這夢感到不適至極，以及與其完全相對的，無法自拔。

從那一天起，這世界對我而言，注定要變得不同——更早的我身上擁有的某些行將消失，更加虛無憂寂，更加接受「失卻」將成為我人格的一部分，更加了解有什麼事不能重來且無法勉強。

●

繼續翻閱紀念建築資料。

二〇一二年初，小林村紀念公園落成。

災後，小林村人不想讓親人再被打擾，決定讓原址維持現狀，並由政府在舊村址南方的高地建造紀念公園，八成設為綠地，試圖再現往日小林村的綠帶林相。罹難者的姓名刻於被彎曲鋼架、鋼條所籠罩，並投下陰影的「苦路」上——兩側的黑色花崗岩，刻有四百多位死難者的姓名，園內另種有一百八十一棵原生種山櫻花，每棵花樹前都有一支混凝土柱，頂端鑲嵌被掩埋住戶的門牌號碼，一花一柱，皆代表此處瞬間消失的每個家庭。紀念碑主體位於追思廣場，設計成純粹由石塊堆疊而成的山形尖塔，高九尺、寬八尺，象徵崩塌的時間，而石材全來自風災中崩塌、順流而下的獻肚山石塊；駐腳此處，可以眺望小林村原址全景。

災民遺族說：「這座公園並不是一個『作品』，而是悲傷的記憶。」

我在替代墓碑的山櫻花之間行走時，雖然未著季，但覺得似乎有好些都快枯萎了，反而是遠方山頭蓊鬱的深綠之間曾崩落的缺口，填進了鮮綠色的草被，一時看來也算完整，但那些皆是抓地力低的短根植物，真正的樹木還長不出來。沿著苦路回去，發現其中一塊罕見地刻有原住民名字、直覺應該是特別之人的大理石牌上，插了一朵鮮紅色的花。

●

這幾年來，也遇過幾個人，而人來人往，到頭來也沒有誰真的為誰留下來，不過，那是另外一回事；他們之中的大多數，日後大概將漸漸熔合成一整塊印刷鑄版，微微起伏的臉孔與臉孔之間再無識別度可言，這又是另一回事。

這其中有個男子與我認識頗久，自從知道了「那件往事」、讀了我為此寫下的一些文字的那天起，便追著我不斷提問，想深究所有遮蔽起來或變造過的細節，以及我對此投注的情感深淺、幽微心境及其形貌。最一開始，我是有些反感和覺得莫名的，而且聽我略略提過這件事的人之中，有好幾個都禁不住好事、好奇之心，老在聽聞後的一小陣子裡探問、套話，企圖拼湊出當事人的身分名姓；然而，這個男子給我陪伴，贈予我美麗、紀念與象徵意義飽滿的餽禮，給我雖少許但恰好亟需的種種，也包括一些及時的物質，對那時候的我而言，怎能心無所感？而當日生活是何其艱險乏厄，一如流沙。

對他不時的問詢：「忘了嗎？」我從「玻璃上的裂痕，即使不看也還在」，漸漸轉變成「也許，可以開始試著忘記吧」之後幾日，他便避而不見，端出的理由只有兒童才會相信；過了許久，當他再度以十足興奮熱切的姿態，迎上前來重逢、試探時，我鄙夷憊倦的神色藏也沒打算藏。

沒人真心想做但丁，但到處都有人想成為碧翠絲，或覺得自己就是碧翠絲。

在那之後，我再沒對任何人提起這個故事。

當傷痛成為了一項談資、一個意義被擅自固定的物件，甚或是一種「景觀」，再有誰當面論及此事，都引人橫生殺意。而，當受傷及相關感受成為了慣性，忍住愚弄、惡意傷害他人的慾望，就是另一個煉獄：而我頗了解將鼻尖逼近它們時，那焦灼且帶有芳香的狂喜。或者，其實我也傷害過別人，只是粉飾太平，或成功地以理則自我說服了而已，就像我自負於從來沒欺欠過任何人，而無論聚散的理由和情景為何，也未曾有人對我說過一聲抱歉一樣。

曾經把「心裡真正有愛的人，不會揮霍自己」這話，當成發光鑲石手鍊一樣默默拽在掌心裡，但回過神來，這句話不知何時在與他人的對話間、獨處時的心中，皆已蒸散匿跡。或許，只是欠缺一個剛剛好的契機，又或者下一次，我就可以在對我吐露屬於男人寂寞的人面前，親切坦然地分享屬於女人的寂寞；又或者，就像一些朋友或年長女性說的那樣：人哪有那麼多愛不愛的問題，只是需要，只是過日子，如此而已。

至於書寫，雖然「書寫夢」與「為了特定事物而寫」，通常是雞生蛋蛋生雞、兩條藤蔓相絞相生般的問題，而每個人書寫的根由都跟他們的內在世界一樣複雜，不過長時間以來，每每看到自言有「書寫夢」的人們，都覺得和他們並非身在同一個世界裡。

我沒有夢，我只有眷戀與遺憾。

「當時就是最幸福的時刻了」，此生不會再有了，就是那個時候了。

事件過去很久以後——媒體散了，專業人士和研究者離開了，當時安慰你的人大概也懶聽了，就是這麼久以後——「然後呢」？

「好了」和「還沒好」的疆界在哪裡？

一定要好嗎？生活改變成什麼樣子？真的接受了嗎？被摧殘後的外在與內心，即使看起來重建了，那是「新生」還是「餘生」？

活著最怕的一件事，大概是努力在受傷害後撐住自己，卻在很久以後才發現：所有對生活的期待與忍受都是多餘的，本來以為努力撐住、忍耐和等待就會重新得到幸福，但卻沒有，可是最適合死的時間點早已過去了，這會使所有的樂觀與悲觀、勇敢和懦弱全部消解掉，變成「無意義」，連帶這一生也失去意義，從此成為靜止與殘餘的人。

二〇〇一年九月十一日，紐約世貿恐攻事件中直接罹難者約有三千名。

它所帶來的痛苦、影響的範圍與層面太廣，因此紀念場所的設計需要讓來自各方不同的人都可理解，故使用象徵性語言，讓世貿雙塔的舊址陷落下沉，構成兩個呈正方形、各自擁有四面水幕如瀑布般向下奔流的噴泉，受難者姓名則刻於噴泉外側，此外再無其他碑銘。兩座噴泉的內側中央，皆有一塊面積小得多的正方形凹陷，白日時像是陰影，入夜後襯著噴泉內壁裝設的輝煌燈光，便顯得更為深闇，彷彿無底深穴。

我欣賞這樣的設計概念，紀念二戰期間被消滅的東歐猶太社區紀念建築「被滅絕社區山谷」也有類似的寓意：缺失的空間，讓失去的東西變得可見。每個不同的觀看者，亦必須用各自的角度去理解：失去的是什麼？

然後，不間斷地自問。即使這世間絕大多數的道理與事實，包括我們是誰、為何在此、將往哪裡去、明日又將發生什麼，我們都還不明白。

●

二〇一四年三月，我第一次為了同志運動和家族動員以外的理由上街抗爭、占領：隔著螢幕和網路，看見、聽見許多認識的與不認識的人詳述行政院外大量濺血的情況後整整三天，我總對著電腦情緒激烈地哭泣，尤其是睡醒和睡前，也就是精神最脆弱的時刻，躺在床上就忍不住嚎啕起來。有老師建議我去看精神科。

到了抗爭中後期，像是打算劃地長期作戰似的，連貨櫃屋都出現在青島東路上了。有篇社論評道：這現場與其說是社運，不如說是救災的隱喻。

也許是這樣的：自一九九九年的九二一大地震開始，在政府無力、不及救難和安置之處，便可看見幾個——日後將透過許多「實戰經驗」，技術和訓練漸趨成熟的——民間團體和自發性組織，而在經過八八風災之後，又加強了它們連結資訊、即時動員、建立新秩序與調派物資（等政府嚴重缺失）的能力，進而使台灣民間救災方面的強韌度如此優異……

參與學運後，我和家族的關係更加疏離、緊繃，但我發現我覺得自己的心理狀態和活著的方式，竟都比從前心安理得：從無根的認同，轉為抓進土地的生生。之後，我因著這樣認識了許多人，也慢慢認識了H、親耳聽到好茶公主的女兒講述他們的故事和族史、變得比較能同理他人和他族對「家」與「土」的觀念及執著，並在稍久之後回頭拾起那一年的衝擊，一點一點地讀起與小林和那場風災有關的資料：

「小林村生還者裡，即使早已遷居……」

●

請容我對你說完最後一個故事。

所有記憶都可以變造、錯認或部分隱瞞，不管是無意識或刻意，但夢不能。這個世界上，只有夢是不會說謊的。

我第一次夢到的你是那樣，而那年過後我所夢見的你，給我的都是背影，完全看不到你的臉，氣息也是排斥、陰鬱的。後來的很長一段時間裡，我都沒再夢過你，終於重見你的正臉已是好幾年後的事：距我幾呎之外，你以來自原生環境那爽朗、莽直、雖修飾不了但令人萌生好感的草根語氣對我笑談；我聽不清楚你在說什麼，而四周全是角度方正、重疊交叉以致人身無法鑽過的白鐵支架，我通往你的唯一道路上，盡是一片火海。

我也夢過你的孩子出世，並在那之後無意間聽人提到，你的孩子確實在夢後不久誕生，雖然一度差點難產但終究母子均安地生了下來。

可以讓我說「愛」這個字嗎？我曾經責怪過自己，如果最開始的那一天，我不在那個地方就好了，所有交集與後來事就煙消雲散，我也許會有多一點微小而不確定的可能性比今日更加健康、快樂。然而這情緒今日已褪盡，無論如何這些都已成過去了，無從改變；我無法感謝命數，但我謝謝你和那些深深淺淺的溝壑而它們確實成全了我現在這樣一個人。我已無法再多說什麼，我聽到語言層即將坍塌、陷落的聲音而我該結束了，但請你相信：我打從心底希望你從此順遂快樂，因為這些年以來我最最喜歡、放進心中最深之處的人就是你。

再見。

●

二〇一五年十月，H重回小林，第二次參加一年一度的西拉雅「夜祭」，也就是調節自然界與人世的重要歲時祭儀，儀式表達了對最高的祖靈「太祖」、生命及其宇宙源頭的祈福與感恩——第一次是在風災隔年，夜祭初次恢復的時候，在這之前小林夜祭已中斷了三十年，對現在的居民而言，夜祭便是小林復興的重要象徵。

首次重現的夜祭非常傳統、基本，地點就在臨時鐵皮搭建的北極殿旁一塊空地上，並依照傳統記載地用竹子、茅草搭建了公廨，可惜那天是颱風天，整場都泡在水裡，計畫團隊也硬把H帶回去。第二次就非常熱鬧了，日光小林也差不多建設完成，而這次的場地是紀念館後方的示範公廨——這其實並不是真正的公廨，但跟佳里蕭壠社的一樣，都有太祖的分靈，可以舉行儀式。廣場上眾人祭過的香，都被蒐集起來，插在公廨裡面，迎接祖靈的向竹就立在居住區與文物紀念館之間的空地上；牽曲的中央地面擺放著祀壺，壺裡有「向水」，代表了祖靈、宇宙間源自「靈」的法力象徵，還有治療等多重宗教功能。

負責與太祖溝通的「尪姨」跟小林特有的男性「向頭」，就坐在公廨前面觀看全程。H當天進場看到的儀式和祭品並不太典型，他們的信仰已經算是半漢人半平埔了，而且因為從前未能完善保存，以致儀式內容有融合或借用了其他多個部落的現象：他們在廣場上擺了整片以香蕉葉鋪墊的供品，拿香祭拜，像漢人一樣，但祀壺信仰是水之信仰，太祖是不喜歡火氣、喜愛清靜的，所以照理說，祭祀祖靈的場合應該看不到火，然而因為日據時代，公廨躲在北極殿玄天上帝廟（鹿陶洋）的後殿，就連帶一起使用了漢人焚燒金紙香燭的祭祀儀式，他們的大鼓陣也是因為北極殿而產生的。

我思及，漢人的家屋，好像總是充滿煙火氣：神龕、祖先牌位、香煙與香灰，以及華人家庭很少能避免的油煙味。我非常熱愛燒金紙，也喜歡廟宇大殿的煙霧飄繚；

中學時期幾乎沒有零用金的我，偶爾向家裡討個五十元說要求平安，走到慈濟宮去，拜過眾神明一圈、燒化金紙，就有了淡淡的安心和快樂。

魯凱族作家奧威尼．卡露斯盎曾說道：「我在舊好茶時，在別人家裡，到黃昏天暗時，我要先回去點火一下再回來，好讓地底下的祖先感覺到溫暖。」他亦帶著兩個孩子，在尚未修建的房屋前說：「這是你們的家屋，不要讓它很孤獨，沒有火。」

我絕少拿香拜祭家鄉慈濟宮以外的宮廟神明，而待在慈濟宮裡時，在祂們跟前說話說得最久的，一是文昌帝君，二是福德正神，我尤其覺得後者從我中學時期就看顧著我一路到大。

有時，我會為了拜拜或還願回學甲老家，雖然家裡的人都不清楚我在外是怎麼生活，又曾經發生什麼扭轉內在的事件，但我最喜歡的，始終是父母的滷豬腳和清淡炒菜，是黃昏時分信步走過鎮上最熱鬧的十字路口也是慈濟宮旁，看見固定設點的路邊大型麵包攤，貨盤上如流金的亮黃豐美，任四周雀鳥般的主婦以夾取拾，來去紛紛。

走吧，一起走吧。無論我們是誰，讓我們繼續活著，或再活一次。

●

二〇一五年十一月，陪同教授往赴北埔，給文學大家拜祭上墳；那次旅途下榻於企業贊助成立的山間藝術村，並認識了協助紀錄、拍攝當時舉辦的雕塑營的影像工作者們，其中一位是年輕的紀錄片導演張皓然，他提到：災難發生的當下都是引人注目的，但主流媒體對此的關注和追蹤，大概追個半年左右就差不多了，注意力會轉移到其他更新的災難上，譬如八八風災，就算當年很多紀錄片、紀錄者和戲劇都關心這事件，但災民現在的生活如何，有誰知道呢？有多少人在得到高潮與一個被期待的「療癒」、「和解」之後，還會關心：「後來呢？」所以他們現在有一個計畫，就是要去討論、追問這個：「後來呢？」

我安靜、專心地聽，保持微笑，默默祈禱它順利、早日公開在世人眼前。

●

「在那麼一個夏日，波浪集聚，失去均衡，退落、集聚、又退落。然而，整個世界彷彿在說：『就是這樣。』愈說愈沉重，直到躺在陽光照射下的海灘上的肉體內的心也在說，就是這樣。心在說，不再畏懼。不再畏懼，心說著，把它的負擔託付給某個海，海替所有的憂愁一起嘆息。」

●

今年，二〇一六年，同樣是八月，又下起了時逾半月、將這座城市每個角落全厚厚打濕的滂沱大雨。

此刻的我正撐著傘，站在水位高漲、發出瀑布般轟響水聲的綠川旁。那美麗矗立一如白石雕像的鳥，自然已不復在。

我在張皓然的臉書版面上，看見他此時正在拍攝的黑潮與一段文字：

「黑潮之所以名之為黑，是因為其流速之快海水乾淨，加上隨便深度都破千，光線都深深沒入海底。

而這樣黑的世界卻找不到比夢更精確的形容，好比昨夜遇見的熱帶斑。

帶頭的熱帶斑海豚從左舷接近，帶著一家老小獵捕魷魚。我跳下水時發現流速之快（事後查之為二海哩），用盡全力也僅能勉強留在原地。

這一家海豚於是在我面前翻轉起舞。歡愉如慶典，莊嚴如儀式。……我於是願意相信黑潮每個浪背後都住著鯨與海豚、飛魚、梭魚或鬼頭刀。」

雖然眼前這條流經舊城的小河川，和太平洋差遠了，但思緒飄向回憶與平日的它時，只是較為黝黑飽滿了些的水流一時看來仍隆隆盛旺，令我想像它奔流入海，進入某個深不見光的沉沉海域之後，也許，會與曾為黑潮的滴水在某處相會。

世界上只有水可以融化、乘載一切，且永遠不消失；每一滴水都帶著億萬年份的回憶。每一個曾經誕生的生命，關於他們的傷痛與痊癒、記得與遺忘、災難與幸福、憎愛與釋懷，都平等地存於這其中。雨水也是。每一滴雨裡，都有過去、現在，還有未來；雨消解所有的個體、地理與時空，穿越、滲透每個人最深最底的存在。

雨一直下，可以預見地，將會永遠持續下去。

我祝福你和你的家人平安幸福，直到時間的盡頭。

我馬上就要站上當初遇見你時你所在的位置，擁有與你相同的頭銜。

我已經和初次遇見的你同年了。

我曾經如此愛你，我不曾忘記。

送死

從小到大，我未曾迎生，相較之下頗常送死。

第一次送死的對象是我外公。外公住進高雄醫學院的癌症病房時，我大概七或八歲；沒記錯的話，癌症中心應該是在九樓，跟外公入院前居住的公寓套房樓層數字一樣。每逢夕陽極為暖好，整個世界像是被餘暉色的雪紡紗披蓋時，我總會連帶想起那層樓。外公的病房是從西邊數來的第二個房間，極為接近走廊盡頭的巨大窗戶，我經常在成人談事情以及服侍在場長輩們生活起居時，自顧自跑到大玻璃窗前，單看外面不斷經過的人與建築，意識有些木然，像「自我」和「自己」之間隔起了一道夾層；不知怎地，我所能憶起的有關場景，全是太陽西下時分，我與窗隔著一公尺左右的距離，站在那飄散微粒的粉光中，它彷彿帶著某種滲透性與噤聲的力量，淡酒黃帶點微紅，配上自每一間病房逸出的，藥物混合體液的點滴黃刺鼻腐味，彷彿整層樓的一切都浸泡在福馬林當中。

在還能持續探病的那段期間，我看完兩部親戚租來的漫畫，全是醫學類型相關題材，情節至今一直記得：其中一部是一位少婦懷了五胞胎，醫師擔心母體負荷過大，便協同丈夫試圖說服她只留兩個就好，而其他的胚胎，只要在心臟裡注入極微量的氫酸鉀就可以自然流產；另外一部則是描述血友病患因服用血液製劑而染上愛滋的故事，書中所有帶原者都因發生車禍後醫院拒收，或是免疫力不足等原因而逝世。在後者中，女主角在罹病的男主角斷氣後，流淚吻了他的嘴唇，這一幕令彼時的我內心微微震顫。

「她為什麼不怕呢？」我說的是病，也影射死；由生之境俯身伸探的吻是狂花。

外公是火葬的。火化兼出殯那日，我站在一大群完全不認識的親戚後面捻香，明知道該肅穆，卻忍不住點起人頭數來，也許有二十六個，或許更多，我點數時很容易眼花錯記；偷瞄了一下母親的神色，原先是怕她發現我分心，但我卻因此第一次看見母親眼眶含淚的表情。法師唸經送棺之時，我注意到一個景象，在那當下就曉得自己這輩子不會忘記它：不遠處，也有一副等待火化的棺材，周圍沒有聚集的親友和花圈，很冷清寥落，只有一對像是母女的中年婦女和長髮年輕女生，拉扯著棺木的邊角不放，尤其是那年輕女生的表情更是極度悲哀，悲哀中有著求情的神色，幾乎要向旁邊兩名不停大力勸慰的工作人員下跪。她們的哭法與哭聲，與其說是悲戚，倒不如說是，捨不得。

我篤定那棺裡曾是一位人夫與人父，理由已經忘記了。數公尺的相隔，對倒的情景，兩邊送走的各是一位父親。一直到我們整群人離開靈堂等待骨灰時，那對母女還僵持在原地；我不可能曉得她們後來怎麼了。

高雄醫學院癌症病房的東側長什麼樣，我從沒成功想起哪怕一點，因為一直到外公徹底離開為止，我都未曾踏足過那處。我最常想起，或無意識構想出來並放進回憶中的一幕，是某個日落時我那背向西邊的、孤伶伶的兒童影子，像根大頭針一樣，牢牢和我自己釘立在一起，而在我面前的，除了臥滿眼前地板、窗框形狀的黃粉柔光以外，便是一條越過那範圍後，任何日光都再不及的長長暗影，在我們之間，除了一台被擱置的金屬製換藥車和遠方的騷動外，便沒有其他東西。直到今天，我依然不知道那一頭究竟有什麼。

緋寒：後日

現在是九月中旬，那株山櫻時序錯亂地開花了。

它從來不曾因為溫室效應或當年冬天氣溫而影響開落的，許多同種近年來都有那樣的現象，但它不會，恆久保持著往昔之中、時至今日也只存在於記憶裡的正常植物生息。對我來說，這棵樹像是定錨，也是在東海陪伴我比誰都久長的友伴：每年等待這棵樹依循節氣落葉、變色、開花，彷彿就把我一年年在生活中累積下來的不安、失望，以及因飄浮無定而慌張畏懼的感覺全給安撫住；只要它一直在那裡，以固執的樣貌，就完全可以說服我了。

可這山櫻竟然在秋初綻放了，而且除了開花之外，還瘋長著翠嫩的新綠葉子，這已經不是誤把秋日當成春天的程度了：一般而言，山櫻花是在秋末冬初時落盡葉子，初春時開花，花落之後才重新長葉，基本上是花葉不相逢的，可是在這個再過不久就理該掉葉的時間點上，這樹卻長了無數蓬新葉，其中一簇的中心還穩穩生托出這朵花來。

這完全是無視時序的樣態啊。

但，這是為了什麼？我猜，是因為八月初的蘇迪勒颱風吧，東海校園的植被覆蓋圖，在那之後大概就可以重畫了：各處林木倒斃一片，被風摧折是一個原因，但還有許多是較高的樹木倒下後，壓垮了附近低矮的樹種，以致已死的、瀕死的、撐住不死的，一同交錯縱橫在災殃結束後的天空，使得原本熟悉的相思林與校園各處看來一時陌生，無論景觀或抽象意念都有著叢林的殘忍。當時，這株山櫻被將近半棵樹量的殘幹給壓住，我看著它，枝體盡是密密的斷折與扯破的痕跡，一顆心像是被壓進冰水裡，內心都準備給它送終了。可它沒死，以狼狽且頗有缺損的姿態活了下來，因受擠壓和泡水而焦黃的葉子，也漸漸長回原本的綠，但不知道是不是基於部分樹體彎曲的緣故，水分或養分輸送受阻了，造成某種錯誤的生物信號，讓它以為現在是必須把繁衍和生長的機制強制開啟的艱困年代。然而，究竟是不是這個原因呢？我不能確定，我只知道它既是我熟識的、每年每季的樣貌都細細記下的那棵樹，同時就意義和象徵的層面而言，也不再是了，但它有屬於自己的原因，我，是又了解什麼？

有的時候，一種或許並肩，或許遙望的關心，是：「我要看著你開花、結果，順著時序完美地老去。」但還有一種，我現在毋寧更相信的那一種，是：「我願你盛綻揮霍是意志，即便徒勞或散落，也是自由。」

世界上有什麼事是不會改變的？

在動手寫這篇後記前的早上，一位平素務實、幾乎不說假設句，通常幹活時才會碰頭的學妹突然轉頭問我：「世界上有什麼事是不會改變的？」

我跟她說：「這個問題真好，但這樣問就表示妳找不到；前陣子我才和另一個朋友第N次聊《重慶森林》，她說她決定以後如果有人令她覺得過期，就拿鳳梨罐頭丟他。」

好幾個朋友，包括父親在內都說過我好像很愛寫「人」，這是真的。我開始「真正」想寫作的時間點，就是感覺自己的人生被「無常」切膚的那一刻，加上日後摻雜的、或大或小的失去，於是開始想抵抗時間，把重要的物事人情製成標本，用福馬林浸泡，讓它們以固定的型態留下，成為永不改變的紀念。

不過，後來我發現，即使寫下了，有些本以為不會再改變了的意義依然如藤蔓悄悄滋長變形。

我在大度山已經住了整整十二年。年紀算小時，還可以想著避免路過這山、這城裡，勾起我不悅與感傷記憶的場所，但想過離開又沒離開地留了多年後，我就無入而不自得了，因為太多地點覆蓋太多完全相反的光度色澤，層層疊疊地，到頭來連自己也說不清是什麼顏色和觸感，像過重的油彩，那是憂喜交織到一定程度就無法歸類的情緒，雖然也不是不能分析，但在行路匆匆的日常間，真的對著那些地方也無所憂樂、沒想到要迴避了，因此得到自由。

書寫永遠是在捕捉過去的事物，所有成形的文字都是往事，每個昨天的自己也是，連意義也是五月一號就過期的鳳梨罐頭，會讓人在上酒吧向美女搭訕時鬧肚子的那種。

現在的我，還是喜歡關注與記錄他人，但這行為之於我有了別的內涵：雖然嘴上不太承認也常常被誤會，但他人與他們的故事，確實是我生命的經緯，而我替他們，也替自己留下一點什麼，即使朝生暮死。但我還是有一點私心的，如何韻詩〈痴情司〉所唱：「情願百世都讚頌／最愛的面容」。

只要有一個人這樣想就好了。

阿武手上的罐頭，也許真的有一個，保存期限是一萬年。

九歌文庫 1264

獸身譚

作者	莫　澄
責任編輯	羅珊珊
創辦人	蔡文甫
發行人	蔡澤玉
出版發行	九歌出版社有限公司
	台北市105八德路3段12巷57弄40號
	電話／02-25776564・傳真／02-25789205
	郵政劃撥／0112295-1
九歌文學網	www.chiuko.com.tw
印刷	晨捷印製股份有限公司
法律顧問	龍躍天律師・蕭雄淋律師・董安丹律師
初版	2017年9月
定價	280元

書號　F1264

ISBN　978-986-450-144-1（平裝）

本書榮獲 NCAF 國藝會 創作補助

國家圖書館出版品預行編目資料

獸身譚 / 莫澄著. -- 初版. -- 臺北市：九歌，民106.09

面；　公分. -- (九歌文庫 ; 1264)

ISBN 978-986-450-144-1(平裝)

855　　106013703